suhrkamp taschenbuch 4535

AF202733

Ein bekannter Studentenführer wird auf der Straße angeschossen, Steine bringen die Fenster des Springer-Gebäudes zum Bersten. Es sind angespannte Zeiten, in denen sich Philip S., ein sensibler und eigenwilliger Schweizer, und die junge Mutter Ulrike Edschmid an der Filmakademie Berlin kennenlernen. Fernab der Unruhen erschaffen sie eine weisungsfreie, der Ästhetik und familiären Geborgenheit gewidmete Welt. Doch schleichend politisiert sich auch ihr Alltag, sie gründen Kinderläden, entwerfen Flugblätter und Streitschriften. Nach einem Gefängnisaufenthalt ist für das Paar nichts mehr so, wie es einmal war.

Ulrike Edschmid erzählt in ihrem bewegenden Buch vom unaufhaltsamen Verlust eines Menschen, der in den bewaffneten Untergrund geht. Sie wirft einen Blick zurück auf die prägenden Jahre im Leben ihrer Generation – und auf eine Tragödie, die so noch nie beschrieben wurde.

Ulrike Edschmid, 1940 in Berlin geboren, aufgewachsen in der Rhön/Hessen, studierte u.a. an der Deutschen Film- und Fernsehakademie und arbeitete als Lehrerin. Für ihre autobiographisch grundierten kurzen Romane wurde sie vielfach ausgezeichnet, u.a. 2013 mit dem Preis der SWR-Bestenliste für ihr Lebenswerk, dem Günter Grass-Preis 2021 und dem Roswitha-Preis 2023. 1990 erschien *Diesseits des Schreibtischs. Lebensgeschichten von Frauen schreibender Männer*, 1992 *Verletzte Grenzen*, 1996 *Frau mit Waffe. Zwei Geschichten aus terroristischen Zeiten* (st 3307), 1999 *Wir wollen nicht mehr darüber reden*, 2003 *Nach dem Gewitter* (st 3481), 2006 *Die Liebhaber meiner Mutter*, 2017 *Ein Mann, der fällt*, 2021 *Levys Testament* und 2024 *Die letzte Patientin*. Ulrike Edschmid lebt in Berlin.

Ulrike .... Edschmid Das Verschwinden ... des Philip S.

Roman

Suhrkamp

Umschlagvorderseite: Philip Sauber, 1968,
fotografiert von Ulrike Edschmid
Umschlagrückseite: Ulrike Edschmid, 1966,
fotografiert von Karin Rocholl

6. Auflage 2024

Erste Auflage 2014
suhrkamp taschenbuch 4535
© Suhrkamp Verlag AG, Berlin, 2013
Alle Rechte vorbehalten. Wir behalten uns auch eine Nutzung des
Werks für Text und Data Mining im Sinne von § 44b UrhG vor.
Umschlaggestaltung: Hermann Michels und Regina Göllner
Druck und Bindung: CPI books GmbH, Leck
Printed in Germany
ISBN 978-3-518-46535-6

Suhrkamp Verlag AG
Torstraße 44, 10119 Berlin
info@suhrkamp.de
www.suhrkamp.de

Das Verschwinden des Philip S.

.... Vor den Krankenwagen sind die Fotografen da. Die ersten Zeitungsbilder zeigen einen Polizisten, niedergesunken an einem Maschendraht. Er liegt auf dem Rücken zwischen zwei Autos. An der Uniform ein großer dunkler Fleck in Höhe des Brustkorbs. Sein Körper auf dem Kopfsteinpflaster bereits von der Kreidelinie umfahren, die ihn von den Lebenden trennt. Ein schöner junger Mann mit Schatten unter den Augen. Die Waffe muss ihm im Fallen aus der Hand geglitten sein. Noch im Tod geht von seinem angewinkelten Zeigfinger eine Bewegung aus, die Philip S. folgt, der einige Meter entfernt an einem Stacheldraht zusammengebrochen ist. Sein Fuß hat sich im Draht verfangen. Ein Bein der schwarzen Hose ist aufgerissen. Er trägt Schuhe, in denen man rennen kann, mit Gummisohlen. Leichter als die, die er früher trug, mit Kappen aus Pferdeleder, doppelt genäht. Schulter und Arm verdecken sein Gesicht. Die schwarze Lederjacke ist ein wenig hochgeschoben. Darunter sein Gürtel. Er hatte ihn aus dem Riemen machen lassen, an dem die Kühe auf der Alm ihre Glocken tragen. Ein Kälbergurt. Vielleicht das einzige, was er noch aus seinem früheren Dasein besaß.

Die Taschenlampe eines Polizisten leuchtet ihn an. Es ist ein öffentliches Sterben. Philip S. liegt in hartem, niedrigem Gestrüpp. In einer letzten Fluchtbewegung. Wie im Sprung.

I ....
.... Philip S. kommt im Spätsommer 1967 nach
Berlin. Er trägt einen Anzug, der nicht zu seinem Alter
passt, und einen Vornamen, der nicht in seinem Ausweis
steht. Mit dem schmalen Bart, der seinem ländlichen
Gesicht eine altmodische Strenge verleiht, ähnelt er dem
Basler Bonifacius Amerbach, wie ihn der jüngere Hans
Holbein vor etwa fünfhundert Jahren gemalt hat. Er ist
zwanzig, und es scheint, als hätte er sein Alter bereits mit
weitausholenden Schritten durchquert. Aber er bewegt sich
nicht mit fliegenden Rockschößen, eher bedächtig und die
Augenblicke dehnend, als müsse er sie ausschöpfen bis auf
den Grund. Alles, was er tut, tut er langsam. Und doch
treibt ihn eine verborgene Eile an, der sein langer Körper
nur zögernd folgen will.

Als ich ihn das erste Mal sehe, lehnt er an einer Wand und
wartet. Er wartet, dass ich mein Gespräch an dem alten
schwarzen Telefon im Flur der Berliner Filmakademie be-
ende. Ich bin siebenundzwanzig, habe ein Kind mit einem
Mann, der mich verlassen hat, und lebe im Stadtteil Kreuzberg in einer Wohnung, die früher ein Bäckerladen war.
Noch immer gehe ich in die Filmakademie, wenn ich kein
Kleingeld für die Telefonzelle habe. Es zieht mich an diesen
Ort, obwohl ich weiß, dass ich den Vater meines Kindes
dort treffen könnte. Ich schaue in die offenen Schneide-
räume, wo Spulen mit Filmmaterial leise surrend hin- und

herlaufen. Manchmal will es der Zufall, dass auf dem Bild-schirm am Schneidetisch ein Gegenstand aus meiner Woh-nung auftaucht, eine Lampe, die sich Studenten für eine Szene bei mir ausgeliehen haben, ein Tisch, an dem ein Schauspieler sitzt, oder mein aus der Mode gekommener Pelzmantel, den jetzt irgendeine Frau trägt, als sie aus dem Auto steigt. Oder ich sehe an einem anderen Schneidetisch Bilder eines Lumpensammlers, der seinen Karren durch die Straßen Kreuzbergs zieht. Er kommt auch an dem Bäcker-laden vorbei, in dem ich wohne. Hier lädt er etwas auf den Karren, woanders lädt er es wieder ab: einen gebrauchten Kinderwagen mit verchromten Schutzblechen oder ein altes Fahrrad. Hustend schleppt er seinen Karren abends in das Wohnheim für Obdachlose am Schlesischen Tor. In den Fluren gehe ich an Fotowänden vorbei, auf denen auch der Vater meines Kindes zu sehen ist, der nicht mehr mein Mann ist. Ich trinke einen Kaffee bei der Sekretärin, die sich erinnert, wie ich das erste Mal herkam, mit einem Baby auf dem Arm.

Der Vater meines Kindes gehörte zu den ersten Studen-ten an der Akademie. Während unserer kurzen Ehe in dem ehemaligen Bäckerladen hat er einen einzigen Film gedreht: die letzten Lebensminuten des Sokrates, gespielt von einem Bettler mit langen weißen Haaren, der auf der Potsdamer Straße Zigarettenkippen sammelt und Platons Text mit Berliner Akzent spricht. Der Darsteller des Kriton, seines Schülers, ist ein ostpreußischer Knecht, der nachts in ei-ner Eckkneipe neben dem Kohleofen schläft. Die letzten Minuten des Sokrates spielen sich auf einem Friedhof ab zwischen Lebensbäumen, Grabsteinen und Laub.

Zu Beginn des Jahres 1967, als es in dem Bäckerladen so kalt geworden ist, dass die Eisblumen am Kinderzimmerfenster nicht mehr auftauen, packe ich einen Seesack und steige in den Zug nach Rom. Mein Sohn kriecht auf dem Boden des Abteils herum und wird von den heimkehrenden Italienern mit Süßigkeiten gefüttert. Wir fahren zu meiner Freundin C., die mit ihrer im letzten Frühling geborenen Tochter in einer Wohnung in Trastevere lebt und sich ihren Unterhalt damit verdient, dass sie in einer Bibliothek des Vatikans kirchliche Texte vom Italienischen ins Deutsche überträgt. Hin und wieder gibt sie Arbeiten an mich weiter, ich übersetze sie aus dem Englischen. An den Wochenenden, wenn sie nicht in der Bibliothek sitzen kann, nehmen wir die Rückbank aus dem alten Volkswagen, stellen die beiden Kinderwagen hinein und machen Ausflüge an den Nemisee; manchmal legen wir uns an der Via Appia Antica in die frühe Sonne oder fahren Richtung Norden in die verkehrte Welt des Parks von Bomarzo mit dem schiefen Haus und den in Vulkangestein gehauenen Monstren. An Werktagen bestellt sie sich morgens in der Bar in Trastevere noch schnell einen Espresso und ein Cornetto con panna, bevor sie zu ihrer Arbeit eilt. Ich versorge ihre winzige Tochter bis zum Mittag. Wenn sie zurückkommt, mache ich mich mit meinem Sohn auf den Weg durch die Kirchen, über die Friedhöfe, die Märkte, durch Gärten und Museen. Ich durchquere die Plätze wie nicht enden wollende Räume, einer schöner eingerichtet als der andere. Tagsüber ist unser Leben leicht und voller Bewegung. An den Abenden aber, wenn unsere Kinder schlafen, sitzen wir in der halbleeren Wohnung und halten zuweilen mitten im Gespräch inne, wenn uns einfällt, dass wieder keine Post gekommen ist. Dann versucht jede eine aufsteigende Ahnung niederzuhalten, dass unsere Männer, die an der Akademie in Berlin ihre ersten Filme drehen, mit anderen Frauen zusammen sein könnten. Als der Mietvertrag ausläuft, packen wir alles zusammen und räumen die Wohnung aus. Rot-weiß gestrichene Böcke und Bretter, die uns als Tische dienten, tragen wir zurück auf die Baustellen, von denen wir sie geholt hatten. Kinderbetten und Matratzen hatten uns amerikanische Künstler ausgeliehen, die sie wieder an sich nehmen würden, sobald wir uns nach der letzten Nacht auf den Heimweg gemacht hätten.

Es war eine Freundin, die in meinem Bett gelegen hatte. Dass sie in meiner Abwesenheit auch meine Kleider getragen hat, erfahre ich von einer Nachbarin. In jenen Frühlingstagen bin ich in anderen Stadtteilen unterwegs, besuche die Menschen, die ich dort kenne, und lasse mir nichts anmerken. Wenn ich keine Besuche mache, gehe ich mit meinem Kind am Ufer des Landwehrkanals spazieren, bis ich an die Mauer komme, wo die Stadt endet, und kehre wieder um. Ich schiebe den Kinderwagen an Kellerwohnungen vorbei: Auf geblümten Wachstuchdecken schwankt der Lichtkreis nackter Glühbirnen hin und her. Ein alter Mann sitzt am Tisch, eine Frau. Oder ein Paar, das schweigt. Abends, wenn mein Kind schläft, setze ich mich an den großen Zeichentisch im Ladenraum. Zwischen den Materialien für meine Doktorarbeit über einen expressionistischen Schriftsteller liegen noch die Standfotos von den Dreharbeiten des Sokrates-Films. Ich starre auf Bücher und Papiere, ohne einen Gedanken fassen zu können. Durch die Milchglasfolie auf den Schaufensterscheiben sehe ich Schattenrisse von Menschen, die sich kurz auf den Sims setzen und dann weitergehen.

Im Morgengrauen des zweiten Juni wache ich von Geschrei auf. Ich sehe Umrisse von Polizisten, die einen Knäuel bilden, einen wabernden Haufen. Arme mit Stöcken und Beine mit schweren Stiefeln lösen sich aus dem Knäuel Sie schlagen und treten auf einen Menschen ein, der am Boden liegt. Wie gelähmt stehe ich hinter Glas. Das ist die Welt, denke ich, in der mein im Hinterzimmer schlafendes Kind aufwachsen soll. Nachmittags gehe ich zur Demonstration gegen den persischen Schah. Aber ich bleibe mit dem Kinderwagen am Rand, tauche nicht ein in die Menge. Abends geht das Gerücht von einem toten Demonstranten um. Das Foto des erschossenen Studenten gehört zu den unauslöschlichen Erinnerungsbildern meiner Generation. Nichts blieb, wie es gewesen war.

Im Spätsommer höre ich auf, an die Rückkehr meines Mannes zu denken, und suche mir eine neue Wohnung. Ich finde sie im Herbst, in Charlottenburg, in einer Straße an den Bahngleisen. Alle drei Minuten fährt eine S-Bahn zwischen Bahnhof Friedrichstraße und Bahnhof Wannsee vorbei. Die meisten Dinge im Bäckerladen habe ich zusammengepackt, zwei durchgesessene Ledersofas lasse ich zurück. Auf dem Flur der Filmakademie organisiere ich von dem schwarzen Telefon aus meinen Umzug. Philip S. lehnt an der Wand und hört mir zu. Er trägt einen Anzug mit Nadelstreifen und ein Hemd mit einem Monogramm, das sichtbar wird, wenn er die Hand in die Hosentasche steckt. Ich trage ein altmodisches Kleid aus Kunstseide und Stiefel. Er sagt: »Ich möchte Ihnen gerne helfen.« An den Wörtern »möchte« und »gerne« höre ich, dass er Schweizer ist.

Er kommt am nächsten Tag in einem langen schwarzen Mantel, schleppt Kisten und Möbel die Treppen hoch und bleibt. Er kündigt sein Zimmer im Souterrain einer Villa, durch dessen halbhohe vergitterte Fenster er die Reifen der Lastwagen sah, die auf einer breiten Ausfallstraße von der Grenzstation Staaken in die Stadt und wieder aus der Stadt hinaus nach Westdeutschland rollen. In meine Wohnung kommt er mit einer lindgrünen Hermes-Reiseschreibmaschine ohne »ß«, einem lindgrünen Koffer und einer Fotoausrüstung, für die er Fächer eingepasst hat in eine alte Arzttasche mit Stangenverschluss: eine Spiegelreflexkamera, drei Objektive, vierundzwanzig, fünfzig und hundertfünf Millimeter, die passenden Sonnenblenden, eine Lupe, Drahtauslöser, Belichtungsmesser, Reinigungspinsel, Ledertuch. Die Kamera war in Zürich gekauft worden, kurz vor seinem achtzehnten Geburtstag. Die Rechnung, ausgestellt auf den Namen des Vaters und mit einem hohen Rabatt versehen, befindet sich noch immer in einer Hängeregistratur, die er einmal für uns beide angelegt hatte. Die Kamera war kein Geschenk. Sie war eine Investition, von der die Eltern sich erhofften, dass sie sich auszahlen würde bei diesem Sohn, der nicht in die Familie passte.

Im Laden der Gebrüder Volpi hat er sich zwischen Minolta, Leica und Pentax wegen des Auslösergeräuschs für eine Nikon entschieden. Dennoch wählt er nicht das Modell, mit dem David Hemmings in Antonionis Film *Blow up* Vanessa Redgrave durch einen englischen Park verfolgt. Er wählt die einfachste Nikon ohne Automatik, denn er ist ein langsamer, ein statischer Fotograf, auf sorgfältige Vorbereitung bedacht; nichts bleibt dem Zufall überlassen. Im Fotoladen vergleicht er auf einer Liste die angegebenen Verschlusszeiten der Kamera mit eigenen Messungen. Vielleicht lag es an dieser Genauigkeit, dass der Verkäufer, der 1965 die Rechnung abgezeichnet hatte, seinen früheren

Kunden zehn Jahre später an einer Hauswand in Zürich wiedererkannte. Ehemalige Weggefährten hatten nach seinem Tod am neunten Mai 1975 ein Plakat im Gedenken an Philip S. angebracht. Der Verkäufer macht ein Foto und veröffentlicht das Bild in einer Zeitschrift. Wind und Regen haben das Gesicht noch nicht gänzlich abgelöst. Das Lachen in den Augen ist auf dem Foto zu erkennen, die breite Stirn, die Zahl achtundzwanzig, das Datum seines Todes und drei Wörter, die einmal einen Satz ergeben haben – »weiter«, »Sinn« und »Leben«.

II **··**

················ Begraben ist er auf einem kleinen Friedhof am Rand von Zürich, wo es ins Weite hinausgeht, nach Forch oder Rüti. Der Weg zu seinem Grab führt an der Klinik vorbei, in der er 1947 zur Welt kam, geboren im Zeichen des Widders, von dem man sagt, dass er keine Vergangenheit kennt. Viele Jahre liegt er als einziger unter dem wuchtigen, mit einem Wappen verzierten Stein. Auf dem Grab eine junge Tanne. Verstreute Nadeln im Schnee. Heute ruht die Großmutter an seiner Seite. Sie hatte ihm manchmal etwas zugesteckt, nachdem er von zu Hause fortgegangen war, und er hatte ihren Familiennamen an den seinen angehängt. Ihr folgte Klari nach, die Hausange-stellte und Kinderfrau, die er liebte. Die Großmutter und Klari haben ihn um fast zwanzig Jahre überlebt, die Eltern um mehr als dreißig. Geschäftsleute, die mit dem Bau von Verkehrsampeln reich geworden sind. Sein Elternhaus – ei-ne Villa am Zürichsee.

Vom Bahnhof Tiefenbrunnen steigt das Ufer steil an bis zur Resedastraße. Seit sich unsere Wege getrennt haben, bin ich zum ersten Mal wieder in dieser Stadt. Ein leichter Regen fällt. Nach mehr als drei Jahrzehnten sitze ich gegen-über dem Haus auf einer niedrigen Vorgartenmauer und schaue auf dunkelrote geöffnete Fensterläden. Nur ein ein-ziges Mal bin ich mit ihm die Treppe zu der Jugendstilvilla hinaufgestiegen. Der Besuch endete in der Eingangshalle. Jetzt sind Architekten eingezogen und zeigen die restaurierten Räume im Netz. In einem virtuellen Rundgang kann ich sehen, wie schön das Haus von innen ist, die runde Eingangshalle größer und weiter als in meiner Erinnerung. Mehrere im Halbkreis angeordnete Türen stehen offen und lassen mich in Räume schauen, die ich nie betreten habe. Ich weiß nichts von seiner Kindheit. Ich muss es mir vorstellen, wie er hier gelebt hat. Eine geschwungene Treppe führt in die oberen Stockwerke und zu seinem Zimmer. Von dort konnte er seinen täglichen Schulweg überblicken: das Seeufer entlang bis fast ins Zentrum, am Bellevueplatz links über die Quaibrücke auf die andere Seeseite. Er sei den langen Weg immer zu Fuß gegangen, hatte er einmal gesagt. Selbst im Winter kein Billett für die Tram, kein Fahrrad, keine Verwöhnung, keine Ausnahme von den puritanischen Regeln, die den Reichtum geschaffen haben. In seinem Elternhaus, auch das hatte er einmal gesagt, wurden keine Bücher gelesen, keine Bilder betrachtet, wurde keine Musik gehört. Es habe Gerechtigkeit geherrscht, aber Wünsche, Kinderwünsche seien nicht erfüllt worden. Stattdessen habe es Anschaffungen gegeben, wenn sie notwendig waren und etwas einbrachten.

Lustlos besucht er den Handelsschulzweig in der Kantonsschule im Stadtteil Enge. Er hatte sich dem Willen des Vaters gebeugt, der wenigstens den zweiten Sohn zum Nachfolger für das Unternehmen heranziehen wollte, wenn schon der erste ausgebrochen war, um Rennfahrer zu werden. Warenlehre, Bilanzkunde, Wirtschaftsgeografie und Handelskorrespondenz aber sind nicht die Sache von Philip S. Ein Jahr vor dem Abitur verlässt er die Schule mit einem durchschnittlichen Zeugnis. Nur in Deutsch erreicht er die beste Note. Er taucht ein in eine Welt der Worte und Bilder. Er zieht an den Waffenplatz. An klaren Tagen kann er von dort über den See bis zu seinem Elternhaus schauen. Aber es ist nicht mehr sein Zuhause, nur noch ein Blick zurück. Aus seinem Zimmer im oberen Stock hat er nichts mitgenommen, außer seiner Kamera.

Er ist neunzehn Jahre alt. Für eine Modezeitschrift arbeitet er als freier Fotograf, gleichzeitig nimmt er dort eine Halbtagsstelle als Grafiker an, und man bescheinigt ihm professionelle Fähigkeiten. Von seinem ersten Geld kleidet er sich ein. Kleidung ist für ihn mehr als etwas zum Anziehen; er bringt darin sein Anderssein zum Ausdruck, ein Bild von sich selbst, das er in Sorgfalt und Eile entwirft: seine Form des Aufbegehrens gegen die Eltern. Er lässt sich anfertigen, was nicht nützlich ist, was er nicht braucht und was er sich eigentlich nicht leisten kann – drei Hemden mit Monogramm, einen Anzug, Schuhe aus Pferdeleder und den langen schwarzen Mantel aus feinem Tuch. So hat er sich in der Erinnerung derjenigen festgesetzt, die ihn gekannt haben. Mal soll der Mantel einen Pelzkragen gehabt haben wie der von Oscar Wilde, dann wieder soll er aus Samt gewesen sein oder mit Seide gefüttert und vom besten Schneider Zürichs gefertigt, für einen Monatslohn.

Er dreht seinen ersten Film. Das Drehbuch hatte er mit einem Freund in den letzten Schulferien geschrieben. Der Film läuft im Winter 1967 auf dem Festival von Solothurn. Er umkreise den offenen und leeren Zustand seiner Generation zwischen Arrangement und Opposition, heißt es in der *Neuen Zürcher Zeitung*. Später hat er den Film irgendwo liegen lassen, auf einem Dachboden, in einem Keller, niemand weiß, wo. Im Frühjahr wird er zwanzig und hat sich für ein Leben als Künstler entschieden. Er bezeichnet sich jetzt als freien Filmschaffenden; auf seinem Briefkopf nimmt er die Wörter »Film« und »Experiment« unter die Lupe, in einem kreisrunden Ausschnitt wiederholen sie sich, vielfach vergrößert.

Mit einem Maler, der ebenfalls einen langen schwarzen Mantel trug, teilte er sich ein Atelier in Zollikon. Er, sagt der Maler, sei damals sein bester Freund gewesen. Philip S. habe ihn bestärkt, als freier Künstler zu leben, aufopfernd sei er gewesen; von dem, was er bei der Modezeitschrift verdiente, habe er ihn über Wasser gehalten und den Zins für das Atelier bezahlt. Die Eltern hätten ihm nichts gegeben. Er hätte es auch nicht gewollt. Alles in ihm habe sich aufgelehnt gegen sein Elternhaus, diese eiskalte Festung. Ein empfindsamer Mensch sei er gewesen und ein guter Fotograf. Philip S., sagt der Maler, habe ein Foto für das Plakat seiner ersten Ausstellung gestaltet. Drei Tage habe er in der Dunkelkammer gesteckt, bis er damit zufrieden war. Die Vorbilder, die er hatte, überholte er innerhalb kürzester Zeit. Dann ging er nach Berlin, und sie lebten sich auseinander. Aber er habe ihn sehr lieb gehabt, sagt der Maler Jahre später einer Züricher Zeitschrift.

Philip S. bewirbt sich an der Berliner Filmakademie, die ein Jahr zuvor gegründet worden war. Er wird als Cineast mit hohem Anspruch eingestuft. In seiner Bewerbungsmappe liegen neben Plakaten acht auf Aluminium aufgezogene Siebdrucke seines Freundes, des Malers. Die Bilder, ein Pop-art-Comic über eine Mädchengestalt, stellen ein visuelles Exposé für einen Film dar, den er plant, aber verwirft, als er nach Berlin kommt und ihn die Atmosphäre der immer noch verfallenen Stadt zu einem anderen Film anregt.

Die Arbeiten seines Freundes legt er einzeln, jedes sorgfältig in Seidenpapier gewickelt, in eine Kartonschachtel.

Im Frühjahr 1967 kommt er für eine Woche nach Berlin zur Aufnahmeprüfung. Er schreibt eine mehrere Seiten lange Analyse einer knappen Spielfilmsequenz. Minutiös, Einstellung für Einstellung, rekonstruiert er die Handbewegungen zweier Ausbrecher, die ein Loch in eine Wand schlagen. Nach einem von ihm bewunderten Schriftsteller oder Komponisten befragt, nennt er in einem Atemzug Georg Büchner, Alain Robbe-Grillet, Beethoven, Strawinsky und die Rolling Stones. Er erwähnt weder Schubert noch Brahms, deren Musik er kurz darauf in einem Film einsetzen wird. Unter den bildenden Künstlern beeindruckt ihn vor allem Andy Warhol und von den Regisseuren Jean-Luc Godard, dessen Film *Pierrot le fou* ein Meilenstein sei. Godard erzähle, schreibt er, von der Wahrheit, vom Leben und vom Tod. »Pour être sur de vivre, il faut être sur de mourir.«

Zu Semesterbeginn, Anfang September, bringt er seine wenigen Sachen in einem kleinen roten Citroën nach Berlin. Er kommt an wie ein Mensch ohne Hinterland. Er, der Mann der Bilder, besitzt kein Foto aus seiner Vergangenheit, keines, das ihn als Kind oder als Jugendlichen zeigt. Seine Familie, sein Elternhaus, seine Geschichte – von allem hat er sich getrennt, selbst von dem Namen, den die Eltern ihm gegeben haben. Auch seine Freunde lässt er zurück. Nichts davon spielt mehr eine Rolle in den acht Jahren, die er noch leben wird. Selbst seine Sprache bleibt dort, wo er geboren wurde. Bald wird er nur noch Hochdeutsch sprechen mit einem leichten Akzent. Selten unterlaufen ihm noch jene ungewöhnlichen Betonungen von Anfangssilben, an denen sich zeigt, woher er kommt. Wenn er in den folgenden Jahren doch hin und wieder in seiner Heimatstadt auftaucht, erscheint er wie ein Fremder oder ein Durchreisender, der lange nicht mehr da gewesen ist.

III ....

.... Nach seinem Tod, will mir scheinen, wird im Haus am Ufer des Zürichsees geschwiegen, als ob es Philip S. nie gegeben hätte. Die Nachricht von der Schießerei in Köln dringt im Morgengrauen an die Öffentlichkeit. Die Polizei weiß noch nicht mit Sicherheit, wer der Tote ist. Die Papiere sind gefälscht. Trotzdem gibt es einen Verdacht. Die Mutter macht sich auf den Weg, um Klarheit zu erlangen. Sie holt ihren Sohn nach Hause zurück. Heute würde ich gerne wissen, ob sie auch seinen Gürtel, den Kälbergurt mitgenommen hat, aber ich habe nie gewagt, danach zu fragen. Frühere Weggefährten, die ihm das letzte Geleit geben wollen, werden abgewiesen. Jetzt gehöre er wieder zur Familie, sagen die Eltern und halten seine Beerdigung geheim. Eingeschlossen in ihre Verstörung, stellen sie keine Fragen, wollen sie nichts wissen über die acht Jahre Leben zwischen seinem Weggehen und seinem Ende, sie wenden sich nicht an die Freunde, auch nicht an mich. Und sie beschließen, keine Antwort zu geben auf Fragen nach den Jahren davor. An Vergangenes solle man nicht rühren. So müssen sie die einzige Wahrheit über das Geschehene dem Polizeibericht entnehmen und den Zeitungen, die ihren Sohn einen Mörder nennen.

Der Tod löscht das Trennende, heißt es in der Todesanzeige, aber danach scheint es in der Familie niemanden zu geben, der zu ihm steht. Auch der ältere Bruder nicht, in dessen Zügen sich vielleicht der jüngere wiederfinden ließe, wenn er länger als achtundzwanzig Jahre gelebt hätte. Aber der Ältere ist auf der Hut vor dem Toten, der als Terrorist gilt. Für den erfolgreichen Rennfahrer und Rennwagenkonstrukteur ist es eine gefährliche Nähe beim riskanten Geschäft mit der Hochgeschwindigkeit. Der ältere Bruder ist ein Mann, der Vertrauen und Zuverlässigkeit ausstrahlt. Wenn er in Interviews auf die Stationen seiner Karriere in Suzuka, Monza, Le Mans, Mexiko City, Bahrein, Shanghai oder sonst wo angesprochen wird, ist manchmal von seinem Vater die Rede, auch von seiner Frau und seinen Söhnen oder von dem letzten Bruder, dem Jüngsten. Wenn das Wort Familie fällt, merkt man nicht, dass da einer fehlt in der Reihe. Als ob es eine Absprache mit den Journalisten gegeben hätte, stößt das Gespräch nicht an die Leerstelle. Es stockt nicht bei der Jahreszahl 1975, als der Aufstieg des Ältesten in die Weltklasse beginnt, während der andere, abgestiegen in eine undurchschaubare Existenz, auf einem Kölner Parkplatz in seinen Tod rennt. Das Schweigen ist mächtig. Unbefleckt von den Schatten der Vergangenheit, jagen die Rennwagen über die Pisten der Welt. Auf der Karosserie der Name der Familie. Er steht für Tempo, Präzision, Kraft und Sicherheit. Auf den Toten fällt dennoch ein Abglanz von Grand Prix und Formel I. Manche Weggefährten von Philip S. glauben, einen Silberpfeil entdeckt zu haben, aber es ist doch nur ein kleiner englischer Sportwagen, der in seinem letzten Film sehr langsam über den Kies einer Auffahrt rollt.

Er hatte Affären gehabt, mit Frauen, die jünger waren, und mit Frauen, die Jahre älter waren als er. Aber er hatte noch nie Tag für Tag mit einer Frau und einem Kind zusammengelebt. Jetzt macht er sich klein im Kinderbett und singt meinem Sohn leise schweizerische Einschlaflieder, die ihm einst Klari vorgesungen hatte. Er hebt ihn zum Fenster, und sie schauen den Zügen nach, die gegenüber zwischen den Bäumen auftauchen und verschwinden. Ganze Tage verbringt er mit ihm im Zoo, und abends isst er die Reste seiner kalten Nudeln, die auf dem Teller angetrocknet sind. Wenn er neben ihm geht, ihn an der kleinen Hand hält, berührt sein langer schwarzer Mantel den Bürgersteig. Mit zwanzig Jahren versucht er, für ein Kind da zu sein, das nicht das seine ist. Und er hält einen Schmerz aus, den nicht er mir zugefügt hat. Seine Liebe ist eine auf den ersten Blick. Aber er stürzt sich nicht in Erfahrungen; er entscheidet sich für sie. Von allem Neuen lässt er sich nicht überwältigen, sondern eignet es sich an. Er will auch wissen, wie es ist, das Leben mit Frau und Kind. Seine Liebe ist nicht blind. Sein Begehren verwirrt ihn nicht. Es ist der kleine Tod, sagt er.

Den maßgeschneiderten Mantel, den Anzug und die Hemden hängt er in die Kammer, auf eine Stange neben meine getrödelten Kleider. Die Hemden bringt er abwechselnd in die Wäscherei. Die Kamera legt er in den Glasschrank, die filmtheoretischen Schriften neben die lindgrüne Hermes-Reiseschreibmaschine auf meinen ovalen Tisch. Er braucht wenig Schlaf. Wenn das Dröhnen der S-Bahnzüge gegen Mitternacht abnimmt und schließlich ganz verstummt, rückt er einen Stuhl an den Tisch und entwirft Szenen für einen Film, den er im kommenden Winter drehen wird.

Den Drehort hatte er durch Zufall entdeckt, als er einmal weiter als sonst die breite Ausfallstraße entlangfuhr und irgendwann nach links abbog. Die Havel lag zu seiner Rechten, das Ufer voller Unterholz, aus dem dann und wann Schwäne aufflogen. Am Ende der Havelchaussee bog er noch einmal ab und landete schließlich auf einer kleinen Halbinsel. Dort, wo die einzige Straße in einer Kurve ansteigt, sah er das riesige graue Haus aus der Gründerzeit zwischen hohen kahlen Bäumen, die Äste schwarz von Krähen. Heute sind alle Spuren verschwunden. Wo einmal das Haus stand, weist ein elektrisch gesteuertes namenloses Tor auf einen flachen Neubau aus gelblichem Klinker. Nur ein kurzer Film erzählt in strengen Schwarzweißbildern von einem unheimlichen Gemäuer, dessen Bewohner einst die Nachbarn von Josef Goebbels waren.

.... Der Film ist grau wie Berlin im Winter, die Bilder fahl wie das Schilf an den Ufern der Havel. Er ist sparsam und aufwendig zugleich. Im Winter 1968, als andere Studenten das Leben von Obdachlosen, den Vietnamkrieg oder die Herstellung eines Molotow-Cocktails dokumentieren, dreht er den *Einsamen Wanderer*, einen Film, der ihn überleben wird und den niemand versteht. Diese fünfunddreißig Minuten Film bleiben die einzige Spur, die direkt zu ihm führt, zu Philip S., dessen Name in Frakturbuchstaben auf dem Vorspann zu lesen ist wie die Inschrift auf einem Gedenkstein.

Die frühen Morgenstunden auf der Blankenfelder Chaussee. In den Gräben und Pfützen schmutzige Schneereste. Unter einem kalten grauen Himmel zieht sich eine Reihe nackter Bäume unregelmäßig zu beiden Seiten der Straße entlang. Die Kälte hat nicht erst in diesem Winter Löcher in den Asphalt gerissen. Der Belag wird schon lange nicht mehr ausgebessert. Es lohnt sich nicht. Die Chaussee endet an der Berliner Mauer. Philip S. ist lange herumgefahren an den Rändern der Stadt, um einen Ort von solcher Verlassenheit zu finden. Langsam bilden sich die Konturen eines Wanderers ab, der den langen schwarzen Mantel trägt. Bei jedem Schritt blitzt das glänzende Futter auf. Um die Taille der Gürtel, der Kälbergurt. Der Wanderer läuft in der Mitte der Straße Richtung Osten, wo es am Horizont allmählich Tag wird. Die Kamera fährt ihm nicht nach.

Sie verharrt auf der Stelle und folgt ihm mit einer einzigen Einstellung über den nassen Asphalt in eine neblige Ferne. Das erste Stück Wegs wird begleitet vom Beginn des langsamen Satzes aus Schuberts Streichquartett »Der Tod und das Mädchen«. Die das Thema des Todes umspielende erste Variation bestimmt die Atmosphäre des gesamten Films.

Die Musik setzt mit dem Vorspann ein, drängt unmerklich in den Vordergrund und bricht abrupt ab, so dass nur noch die Schritte auf dem Asphalt und fernes Hundegebell vernehmbar sind, ein Dorf ankündigend. Aber im Winter 1968 gibt es kein Dorf am Ende der Chaussee. Und dann hört man auch die Schritte nicht mehr. Nichts bewegt sich in der Natur, kein Ast im Wind, kein Vogel, der auffliegt, nur die tänzelnde dunkle Gestalt mit einem Bündel am Stock, das auf der Schulter hin- und herschwankt wie eine Sense. Als der Wanderer schließlich mit seinem Bündel das graue Haus erreicht, streift er sich lange die Füße ab auf einer Stufe, an der kein Fußabtreter zu sehen ist. Aber es ist kein So-tun-als-ob, er täuscht nichts vor. Wenn er auf der Stelle tritt, versucht er Boden unter den Füßen zu gewinnen. Er hat Angst. Man hört es an seiner Stimme, als er um Einlass bittet. Dann schiebt sich ein Text ins Bild. Drei einfache Sätze wie der Beginn eines Märchens mit einem Versprechen, das nie eingelöst wird.

Philip S. hat keine Geschichte erzählt. Bruchstücke interessieren ihn mehr als eine Story. Das Fragment entspricht seinem Lebensrhythmus. Kein Ganzes, kein Fluss. Statt eines genauen Drehbuchs hat er Bilder vor Augen, an deren Details er feilt, bis sie für ihn stimmen. Keiner weiß, was für ein Film gedreht wird. Auch für Philip S. ist der Ausgang ungewiss. Als Regisseur ist er Fragender und Zuhörer zugleich. Die meisten Dialoge entstehen erst in langen Gesprächen, während sich die Darsteller in der modrigen Kälte ungeheizter Räume an dem Tee wärmen, den ich ihnen bringe. Die Kälte steigt in die Gesichter, in die Bewegungen.

Die Darsteller wissen nicht, was sie darstellen sollen. Es erschließt sich ihnen nicht, weder aus einer vorangegangenen noch aus der folgenden Sequenz. Sie füllen keine Rollen aus, denen sie sich annähern könnten. Mit jeder Szene geraten sie in eine neue Fremdheit. Und sie warten Stunde um Stunde, wenn Philip S. mit dem Darsteller des Wanderers in dessen Kindheit eintaucht und sich Szenen und Dialoge entwickeln, die an lang zurückliegende Erinnerungen rühren. Gebete, mit denen er, das adoptierte Kind, aufgewachsen in einem fremden Land, die Angst besiegte, fallen dem Darsteller wieder ein, Liedstrophen und Verse, wenn er in den Sog des grauen Hauses, in das bedrohliche Verwirrspiel seiner Bewohner gerät. Da hört er Schritte, die er eigentlich gar nicht hören kann. Er richtet ein Teleskop auf Geschehnisse, die sich noch gar nicht ereignet haben. Das Unheimliche steigt auf, weil nichts stimmt. Es steigt auf aus dem Vertrauten, das nicht vertraut bleibt.

Das Bedrohliche nimmt keine Gestalt an, es bleibt nur eine Ahnung, anwesend in allen Figuren, von denen keine ist, was sie zu sein vorgibt. So bleibt ein Blinder kein Blinder. Ein Knabe ist zugleich eine Frau. Der Wanderer könnte alles sein, Verschollener, Zurückkehrender, verlorener Sohn, Eindringling, einer der Unheil bringt. Eine schöne Hausherrin wird zum Vampir. Dann wieder ist sie ein armes Mädchen, und am Ende holt sie der Tod. Der Hausherr ist zunächst Freund des Wanderers und summt ihm gegen das Rauschen der Bäume eine Passage aus dem zweiten Satz des B-Dur-Streichsextetts von Brahms vor. Dann ist er selbst Besucher und steigt aus einem kleinen englischen Sportwagen, um sich im Inneren des Hauses auf einer breiten Treppe einsamen Exzessen hinzugeben, indem er wie rasend mit einer Peitsche auf die Schnauze eines Porzellanhundes einschlägt. Er hatte es als Spiel begonnen, die Peitsche locker in der Hand wie einen Dirigentenstab. Was dann aber wie eine Geißelung aus ihm herausbricht, weiß nur er selbst. Niemand stoppt ihn, nicht der Regisseur, nicht der Kameramann, der weiter dreht. Je mehr der Darsteller außer sich gerät, umso größer und länger holt die Kamera die Hundeschnauze in den Vordergrund, verstörend, nackt und bleich.

Nur der Wanderer kehrt in dem Spiel nicht eingelöster Erwartungen zu dem zurück, was ihm zu Beginn aufgetragen schien – Bote aus dem Schattenreich zu sein. Wenn er am Ende als Fährmann des Todes den Nachen durchs Gehölz das mythische Wasser hinabstößt, trägt er unter dem weiten Umhang noch immer den Gürtel, den Kälbergurt, den Philip S. nach den Dreharbeiten wieder selbst anlegen wird, bis er ihm sieben Jahre später endgültig vom Leib genommen wird.

V ....

.... Nach der letzen Einstellung strebt alles auseinander. Der ovale Tisch, Sessel, Kerzenleuchter, ein gol-
denes Sofa und Kleider, die die schöne Hausherrin getragen hatte, werden in meine Wohnung zurückgebracht. Auf
dem Rückweg vom Drehort in die Stadt wird der Darsteller
des Hausherrn in seinem Auto aus unerklärlichen Gründen
ohnmächtig und fährt gegen eine Hauswand. Im Krankenhaus wacht er wieder auf. Er bleibt eine Weile dort, ohne
dass man den Grund für seine Ohnmacht herausfindet. In
den Jahren danach tut er alles, um in Vergessenheit zu geraten. Hin und wieder hört man über frühere Freunde, dass
er eine Landarztpraxis in einer von Berlin weit entfernten
Gegend betreibt. Aber er meidet jeden Kontakt, und es ist
ungewiss, ob er den Film jemals gesehen hat.

Die Darstellerin der Hausherrin hat den Plan, Schau-
spielerin zu werden, fallengelassen und schreibt später klu-
ge und erfolgreiche Bücher über Liebe, über Paare, über
Treue und darüber, wie die Liebe vergeht.

Wegen der fehlenden politischen Aussage des Films hatte der Tonmann mit wachsendem Widerwillen mitgearbeitet. Als Sohn reicher schweizerischer Eltern begegnete er
anderen Söhnen reicher Schweizer mit Argwohn. Für ihn
bleibt Philip S. ein bourgeoiser Perfektionist und Dandy,
der sich nicht, wie er es für sich selbst in Anspruch nimmt,
mit der Klasse der Arbeiter einig weiß.

Der Darsteller des Wanderers verlässt das graue Haus

unglücklich, weil ihn seine Geliebte während der zeitraubenden und kräftezehrenden Dreharbeiten verlassen hat. Irgendwann kehrt er Deutschland den Rücken, geht in seine Heimat an der mexikanisch-amerikanischen Grenze zurück und kommt Jahre später wieder nach Berlin, um an der Hochschule der Künste zu unterrichten. Wenn er den Film in den vergangen Jahrzehnten hin und wieder sieht, sind es stets die Verse und das Gebet, aus denen seine vergessene Kindheit noch einmal aufsteigt.

Auch der Kameramann geht seiner Wege, er dreht zahllose Filme für Kino und Fernsehen und macht sich, wie man so sagt, einen Namen. Mit dem Licht war er wie ein Maler umgegangen. Er hatte Gesichter bleich und plastisch bei Kerzenschein aus der Dunkelheit auftauchen lassen oder die Konturen der Gestalten aufgelöst in der diesigen Transparenz der winterlichen Havellandschaft. Es war ein Film von spröder Schönheit geworden, den er sich heute manchmal in seinem Haus anschaut, wo er sich ein kleines Kino eingebaut hat. Er bedauert, dass er Philip S. damals aus den Augen verlor. Die Nachricht von den Umständen seines Todes kann er mit dem Menschen, mit dem er, wie er sagt, kongenial zusammengearbeitet hat, nicht in Einklang bringen. Er erinnert sich an seine schweren, fein gearbeiteten Schuhe und die Aufschläge seiner Anzughosen. Es passte nicht in die Zeit, der er sich als Kameramann im Parka zugehörig fühlte. Es passte auch nicht zu ihrer gemeinsamen Arbeit, wenn sie Stunde um Stunde in Schnee und Matsch am Havelufer und auf der Blankenfelder Chaussee Bildausschnitte festlegten und die Hallen des unwirtlichen Hauses mit so wenig Licht wie möglich ausleuchteten. Für den Kameramann aber war es etwas anderes als Perfektionismus. Er erlebte Philip S. bei den Dreharbeiten auf der

Suche nach einer eigenen ästhetischen Wahrheit, mit der er im Jahr 1968 unter den Studenten der Akademie alleine stand.

Ich kann mich nicht erinnern, ob der Tonmann schlechte Arbeit geleistet hatte oder ob es zu den Vorstellungen von Philip S. gehörte, die Originalgeräusche des Films durch zusätzliche Akzente künstlerisch zu verstärken. Der Geräuschemacher kommt mit einer Zinkwanne voller Plastiktüten unterschiedlicher Stärke, mit Packpapier, Butterbrotpapier, Seidenpapier, mit Kämmen, Bürsten, Pinseln, Blechdosen, Holzstücken und Nägeln. Er lässt Reifen langsam über Kies rollen, eine Autotür zufallen und die harten, zischenden Schläge der sechsschwänzigen Peitsche auf Porzellan niedersausen. Er lässt Schritte auf Asphalt entstehen, wenn er ruckartig am Butterbrotpapier zerrt, er zieht einen Kamm oder eine Bürste über den Rand der Zinkwanne, erzeugt das Klicken der Dominosteine auf der Tischplatte und den Flügelschlag beim Auffliegen der Schwäne. Kurz vor der Aufnahme der letzten Geräusche stirbt der alte Mann. Philip S. holt sich das noch fehlende Rauschen der Bäume und das Geschrei der Krähen aus dem Archiv und legt den Ton an.

Dann verschwindet er für fünf Tage und Nächte im Schneideraum. Erst am Schneidetisch wird klar, dass in der scheinbar losen Bilderfolge nichts beliebig und nichts austauschbar ist. Was er geschaffen hat, sind formale Elemente, kunstvoll aneinandergefügt, ein Spiel mit Anlehnungen, Zitaten und Hinweisen auf andere Filme, vor allem aber auf *Letztes Jahr in Marienbad* von Alain Resnais. Wenn ihm die Augen zufallen, legt er sich auf den Boden. Unter den am »Galgen« aufgehängten Filmschnipseln verschläft er seinen einundzwanzigsten Geburtstag. Nach der letzten

Klebestelle trägt er den Film in einer Blechdose in ein Studentenkino. Einer verlässt den Saal schon beim Vorspann auf Büttenpapier. Die meisten sind ratlos. Philip S. wird nie erfahren, dass Zuschauer darunter waren, die manche Szenen bis heute im Gedächtnis behalten haben – Brahms, gesungen gegen die Krähen und das Rauschen der Bäume, der endlose Weg des Wanderers auf der Blankenfelder Chaussee, der Fährmann mit dem Kahn im Gegenlicht an der Havel, eine Einstellung, die an Carl Theodor Dreyer erinnert, dem der Film gewidmet ist. Ausführlich erläutert er den experimentellen Charakter seines Films, Szene um Szene, Einstellung um Einstellung. Draußen jedoch ist Vietnam, die Amerikaner bombardieren Hanoi. Auf der Frankfurter Zeil haben Studenten ein Kaufhaus angezündet – als Antwort. Die, die das Kino nicht verlassen haben, fragen ihn, was denn seine Antwort sei. Aber er hat keine.

VI ···
············· Er schläft sich aus, heizt den Badeofen an,
wechselt die Kleider und fährt wieder in die Akademie. Es
ist der neunte April, kurz vor Ostern. Er hat es nicht als
Niederlage empfunden, wie sein Film von den meisten Studenten aufgenommen wurde. Auch wenn sie ihn abgelehnt
und als Zumutung empfunden hatten, war ihre Ablehnung
nicht ohne Anerkennung gewesen.

Noch sind es interne Angelegenheiten, ein- oder abge-
setzte Studentenvertreter, die verschiedene Gruppen in der
Akademie gegeneinander aufbringen. Den Studenten geht
es um das, was sie mit Filmen erreichen können, erreichen
wollen. Sie schreiben Flugblätter – Filmemacher mit politischem Anspruch gegen unpolitische Ästheten und um-
gekehrt. Philip S. gehört zu der Gruppe der Formalisten
und Leinwandpoeten. Auf einem Flugblatt fordern sie, die
Akademie vor allem in ein Zentrum experimenteller fil-
mischer Arbeit zu verwandeln, während die anderen, die
Politischen, das Kameraauge dokumentarisch auf das richten wollen, was in der Gesellschaft nicht stimmt. Die Welt
von Philip S. aber ist eine gestaltete. Er hat gezeigt, wohin
er mit seinem Film gehört. Er hat Menschen dargestellt,
deren Vereinzelung, Einsamkeit und Verstrickung in undurchschaubare und bedrohliche Mächte metaphysischer
Art ist und durch keine Revolution aufgehoben werden
kann.

Zwei Tage später, am elften April, trifft ein Mann im Interzonenzug am Bahnhof Zoo ein. Er kommt mit dem Plan, einen bekannten Studentenführer zu töten. Er trägt zwei Pistolen bei sich, eine unter der Jacke, eine zweite in einer Tasche. In der Tasche befindet sich auch die Bildzeitung, die seit langem eine Hetzjagd gegen den Studentenführer betreibt. Der Mann schießt, als der Studentenführer mit dem Fahrrad von der Johann-Georg-Straße auf den Kurfürstendamm einbiegt. Der Getroffene stürzt vom Fahrrad, reißt sich die Schuhe von den Füßen und die Uhr vom Handgelenk. Er ruft nach seiner Mutter, nach seinem Vater. Als noch niemand weiß, dass er überleben wird, spricht der schweizerische Tonmann aus, was die Unerbittlichen denken: dass ein Opfer die Revolution vorantreibt. Das Bild vom umgestürzten Fahrrad und dem Schuh, der auf dem Kurfürstendamm liegenbleibt, hält den Augenblick fest, als die Zeit stillstand. Danach geht sie anders weiter, eine Wende setzt ein, im Denken, in den Gefühlen und auch in den Taten, die folgen werden, früher oder später.

Noch in der Nacht zum Karfreitag beginnen in Berlin und in anderen Städten die Demonstrationen gegen den Verleger der Bildzeitung, der als eigentlicher Attentäter gilt. Als die Lastwagen die Druckerei verlassen, geraten sie in einen Steinhagel. Die Zeitungen können nicht ausgeliefert werden. Scheiben zerbrechen. Molotow-Cocktails fliegen. Menschen werden verletzt. Was am Springer-Hochhaus geschieht, erreicht uns verzögert. Philip S. und ich gehören zu keiner Gruppe, wir haben kein Telefon, und Besuch muss sich abends von der Straße aus mit Rufen bemerkbar machen, weil die Haustür ab acht Uhr mit einem Durchsteckschlüssel verschlossen wird.

Die Filmakademie ist der Ort, von dem aus die inoffiziellen Informationen zu uns dringen. Entsetzt über die

Schüsse wie über die gnadenlosen Worte des Tonmanns, halten wir Abstand. Doch der Hauswart, ein Polizist aus der Wohnung gegenüber, hat uns im Blick. Er zählt uns zu den Steinewerfern. Wir gehören nach »drüben«, nach Ostberlin zu den Kommunisten. Obendrein sind es nur wenige Schritte von uns zu den finsteren Gestalten der berüchtigten Kommune am Stuttgarter Platz, die den ganzen Tag auf Matratzen liegen, Haschisch rauchen, sich nackt fotografieren lassen und Flugblätter auf die Straße werfen. Und schon vermeint der Hauswart und Polizist die Rufe Einlass begehrender Langhaariger unter dem Fenster zu hören, während er den Dreck von der Treppe vor unserer Tür zu einem Häuflein zusammenkehrt.

Einige der als Formalisten und Leinwandpoeten Gebrandmarkten ziehen sich zurück, verlassen die Stadt und drehen Filme, die bald im Kino zu sehen sind. Philip S. verschließt die große runde Blechdose, in der sein Film liegt, mit Lassoband. Der *Einsame Wanderer* gehört ihm nicht. Er ist Eigentum der Akademie und bleibt im Schneideraum liegen.

Er geht jetzt zu den politischen Versammlungen in der Akademie, wo es für ihn etwas zu erfahren gilt, das ihn bislang in seiner ästhetischen Sicht auf die Welt nur am Rande berührt hat. Seinem reichen Elternhaus hatte er den Rücken gekehrt, weil er es als kalt und puritanisch empfand und dort zu oft von Geld die Rede war. Ihm ging es um künstlerische Freiheit, und wenn er sich die Sinnfrage stellte, lag die Antwort in der strengen Leidenschaft seines gestaltenden Auges. Zwei Monate vor den verhängnisvollen Schüssen, als der Verleger der Bildzeitung auf einem Tribunal wegen Aufforderung zur Lynchjustiz angeklagt wurde, war Philip S. mit dem Kameramann auf der Blankenfelder Chaussee unterwegs, um die Zeit zu stoppen, die der Wanderer bis zum Horizont brauchen würde. Als der Studentenführer kurz darauf während eines Kongresses gegen den Krieg in Vietnam ahnungsvoll davon sprach, dass nicht mehr viel Zeit bleibe und auch wir in Vietnam täglich zerschlagen würden, war Philip S. bereits tief in die Dreharbeiten des *Einsamen Wanderers* eingetaucht. Jetzt aber, nach dem elften April, stürzt er sich in die Diskussionen, begierig nach Information und Auseinandersetzung.

Eine Versammlung folgt der anderen, dokumentiert auf den Fotos, die bald die Wände sämtlicher Gänge bedecken. Tagelang, wochenlang fährt er zur Akademie. Aber als ich nach seinem Tod auf diesen Bildern nach ihm suche, kann ich ihn nicht finden, und wieder will mir scheinen, als ob es ihn nie gegeben hätte. Erst viele Jahre später entdecke ich mit der Lupe sein Gesicht, auf einem einzigen Bild in einem Buch. Ein Schatten liegt darüber und lässt sein Haar und seine Haut südländisch dunkel erscheinen. Er steht ganz hinten in einer Versammlung, als ob er gerade erst dazugekommen wäre oder gleich wieder gehen würde.

Im Mai 1968 werden Gesetze erlassen, die an die Grundrechte rühren, Gesetze für den Notstand oder den Ausstand, Gesetze, die es erlauben, Briefe zu öffnen, Telefongespräche abzuhören und Rechte außer Kraft zu setzen, die im Grundgesetz niedergelegt sind. Aus Protest wird an allen Berliner Hochschulen gestreikt. Die Studenten besetzen die Filmakademie und geben ihr den Namen des russischen Dokumentarfilmers Dziga Vertov. Sie verbinden die allgemeine Empörung mit einem internen Aufstand gegen die Beschneidung ihrer Freiheit als Filmemacher.

Konflikte mit den beiden Direktoren sind nicht neu.

Schon lange geht es um Reglementierungen in der Ausbildung. Die Studenten wollen mehr Rechte, sie wollen mitbestimmen. Die Direktion aber will Nachwuchs für die Fernsehanstalten heranbilden. Das verweigern beide Fraktionen, die ästhetische und die politische. Die Konflikte spitzen sich zu. Die Büros der beiden Direktoren werden verwüstet. Akten fliegen durch den Raum. Die Direktoren kündigen an, die Akademie von der Polizei räumen zu lassen. Den Besetzern wird Hausverbot erteilt. Alles liegt brach. Dreharbeiten können nicht weitergeführt werden. Fertige Filme dürfen nicht mehr öffentlich gezeigt werden, nicht auf den kommenden Berliner Filmfestspielen und nicht auf irgendeinem anderen Festival. Wer gegen das Hausverbot verstößt, soll von der Akademie verwiesen werden. Dies hätte das Ende einer hart errungenen Ausbildung bedeutet.

Philip S. ist der einzige, der die Versammlung kurz verlässt und zu mir nach Hause fährt. Er will nicht mehr für sich allein entscheiden. Er weiß, was es bedeutet, wenn er die Akademie verlassen muss. Aber wir beide wissen auch, dass es einer Unterwerfung gleichkommt, aus Angst vor den Folgen auf halbem Wege umzukehren. Als er in die Versammlung zurückkehrt, hat die Polizei begonnen, die Akademie zu räumen. Er schnappt sich die Filmdose mit dem *Einsamen Wanderer*. Trotz seiner schweren Schuhe ist er schneller als ein Polizist, der ihn festnehmen will; mit der Dose unter dem Arm rennt er durch einen Hinterausgang ins Freie.

.... Keiner der sechs Filmstudenten, die sich in den ersten Junitagen auf den Weg machen, ist zum Festival in der italienischen Hafenstadt Pesaro eingeladen. Aber sie fahren trotzdem – in einem alten VW Bus bis an die Adriaküste. Es ist eine spontane Entscheidung. Alle sind in Aufruhr nach den Tagen der Besetzung der Akademie, die sie jetzt nicht mehr betreten dürfen. Wem es gelungen ist, während des Polizeieinsatzes den eigenen Film an sich zu bringen, nimmt ihn mit, in der Hoffnung, ihn auf dem Festival zeigen zu können.

Philip S. hat die große Blechdose mit dem *Einsamen Wanderer* dabei. Auch H., ein anderer Busreisender, hat seinen Film mit dem Titel *Die Herstellung eines Molotow-Cocktails* eingesteckt. Der Film zeigt, wie man Benzin in eine Flasche füllt, sie mit einem benzingetränkten Lappen verschließt und anzündet. In der Flamme taucht das Bürohaus des Verlegers der Bildzeitung auf. Der kurze Streifen war zum ersten Mal im vergangenen Winter während des Tribunals gegen den Verleger gezeigt worden. Seitdem fahndete die Polizei nach dem Film, dessen sie nie habhaft wurde, und nach dem Autor, über den es nur Mutmaßungen gab. Jetzt liegt die kleine Rolle versteckt im Bus unter der Matratze, die man sich teilt. Unterwegs steigt noch der schärfste Widersacher des *Einsamen Wanderers* zu, der das Kino schon beim Vorspann verlassen hatte. Er kommt ohne einen Pfennig. So teilen sie auch ihr Geld und reichen die Joints weiter, die einer auf Vorrat dreht. Sie fahren los in einem »herrlichen Unfrieden«, wie ein anderer später schreiben wird, aber voller Hochgefühl und hungrig nach Veränderung.

Die Geschichte dieser kurzen Reise handelt von Grenzüberschreitungen und Verwechslungen, von Gefahr und Entkommen, von Rausch und Allmachtsgefühlen. Auch in Italien sind die meisten Universitäten von Studenten besetzt. Wo immer die Busreisenden haltmachen, geraten sie sogleich in Versammlungen und Demonstrationen und werden, wie in einer Verwechslungskomödie, stets für aus Berlin erwartete wichtige Studentenvertreter gehalten, was ihnen in Venedig die Gastfreundschaft des Komponisten Luigi Nono einträgt und in Pesaro zu einem Hotelzimmer verhilft. Sogleich fordern sie die Verwandlung des Festivals in ein politisches Forum und freien Eintritt für alle.

Im Kino läuft ein Film mit Bildern des toten Che Guevara. Die Stimmung im Saal heizt sich auf. Die Zuschauer stürzen sich auf dem Platz vor dem Kino in eine Kundgebung. Die Carabinieri, von der christdemokratischen Zentralregierung aus Rom ins kommunistisch regierte Pesaro geschickt, lösen ihre Koppel, an denen die Pistole hängt, und schlagen damit, von Sirenen und Hörnern angetrieben, auf jeden ein, der ihnen in die Quere kommt. Die Busreisenden verschanzen sich im Festivalsaal und bewaffnen sich mit Stuhlbeinen. Als die Polizei Tränengasgranaten hineinwirft, entkommen sie durch einen Nebenausgang. Einer der Busreisenden wird verhaftet, aber die Festivalleitung holt ihn aus dem Gefängnis.

In Rom treffen sie auf eine kleine Gruppe künstlerischer Anarchisten oder anarchistischer Künstler, die sich in Anlehnung an Pasolinis Film von den großen und den kleinen Vögeln »Uccellini« nennen. Sie sind verspielte Boten kleiner Utopien mit subversiven Aktionen gegen Kirche und Staat, leichtfüßige Helden, die, als Priester verkleidet und mit Schafen im Gefolge, unbehelligt eine Polizeikette durchschritten haben und zu Ostern, erzählt man sich, unablässig pfeifend und zwitschernd einen Kirchturm hinaufgestiegen seien, bis die Polizei sie herunterholte. Als den Busreisenden schließlich das Geld ausgeht, blättern die »Uccellini« in ihrem Adressbuch und suchen die Telefonnummern wohlhabender Römer heraus, die ihnen ihre Kühlschränke öffnen. Mal ist es ein Adeliger in einem Palazzo, mal der Schriftsteller Carlo Levi, der in seinem Buch *Christus kam nur bis Eboli* seine Verbannung unter Mussolini beschreibt. Der Experimentalfilmer Alfredo Leonardi bietet ihnen ein Bett und einen Schneidetisch an. Philip S. zeigt den *Einsamen Wanderer*, und anders als die Zuschauer in Berlin überlassen sich die Italiener ganz und gar den Bildern, da sie die Worte ohnehin nicht verstehen.

Die Euphorie nach der Rückkehr hält noch eine Weile an. Die Filmfestspiele, damals im Sommer, stehen vor der Tür. Die Studenten wollen ihre Filme zeigen und bei der Auswahl mitreden. Sie fordern ein Filmfest für alle und den Rücktritt der Direktion. Wieder wird der Rauswurf der damaligen Besetzer erwogen. Dozenten verlassen die Akademie. Eier fliegen und Tomaten. Schließlich zeigen die Studenten ihre Filme abseits der großen Kinos. Am sichersten in der Kameraführung, heißt es in der *Frankfurter Allgemeinen Zeitung*, sei *Der einsame Wanderer*, eine ironische Auseinandersetzung mit Symbolisierung und Bildverschlüsselung.

Dann geht die Akademie in die Sommerferien, und die Gruppe der Busreisenden zerfällt. Einer wird über die Jahre zum Chronisten der Berliner Filmakademie. Ein anderer beschäftigt sich bald nur noch theoretisch mit Film. Der Autor des Molotow-Cocktail-Films stirbt, ein halbes Jahr bevor Philip S. erschossen wird, während eines Hungerstreiks in einem Gefängnis in der Eifel. Von dem schärfsten Widersacher des *Einsamen Wanderers* höre ich erst wieder, als er an Krebs erkrankt ist. Der letzte der Busreisenden hat seine Joints weitergedreht. In seiner kurz vor dem Tod bereits in andere Sphären abgeglittenen Erinnerung verwandelte sich der kleine rote Citroën, mit dem Philip S. einmal nach Berlin gekommen war, in einen roten Maserati.

VIII ....

.... Seit seiner Rückkehr von der Busreise war
Rom für Philip S. zum Ort der Verheißung geworden. Er
hatte die Tage dort unbekümmert und in Leichtigkeit verbracht. Leichtigkeit flog ihm nicht zu. Unbekümmert zu
sein musste er lernen. Stets war er mit einem größeren Vorhaben beschäftigt. Vielleicht ist es das erste Mal in seinem
Leben gewesen, dass er sich einen Sommer lang einzig der
Laune des Augenblick hingeben konnte, wie es ihm eine
Handvoll junger Männer am Strand von Ostia vorlebte.

Bis zum Herbst haben wir die Wohnung an den Bahngleisen gegen die eines sozialistischen Professors im Norden von Rom getauscht. Mit einer Kamera, einer Menge
Schmalfilmmaterial und der Fotoausrüstung machen wir
uns auf den Weg nach Italien. Wir fahren in die Nacht
hinein. Die meiste Zeit ist es still im Auto. Ich schlafe an
die Rückbank gelehnt, mein Kind liegt mit dem Kopf in
meinem Schoß. Im Morgengrauen kommen wir in Rom an
und suchen eine kleine Seitenstraße der Via Nomentana in
der Nähe der Villa Massimo.

Unser Weg zum Meer führt am Forum Romanum vorbei, über den Ponte Garibaldi, dann eine Weile am Ufer
des Tiber entlang und kurz vor Ostia Antica durch den
Pinienwald, in dem Federico Fellini *Julia und die Geister*
gedreht hat. Wenn wir am späten Vormittag den Strand
erreichen, sind sie immer schon da, die »Uccellini«. Wie
Zugvögel haben sie sich an der Spiaggia libera niedergelas-

sen, dem Volksstrand, wie sie ihn nennen, einem Geschenk des römischen Bürgermeisters an die Römer, fünfzehn Kilometer lang, Eintritt frei. Bald werden die Uccelini wieder verschwunden sein, unterwegs zu ihren listigen Taten, mit denen sie versuchen, an den Grundfesten des römisch-katholischen Daseins zu rütteln.

Philip S. hält sie fest in vielen kleinen Rollen Schmalfilmmaterial, aus denen er am Ende des Sommers, abends mit der Klebepresse vor dem Betrachter sitzend, einen Slapstick zusammenschneidet. Schöne junge Männer laufen immer wieder ins Meer, um sich von den Wellen zurück an den Strand werfen zu lassen. Wenn sie aus dem Wasser kommen, streifen sie ihre langen nassen schwarzen Haare aus dem Gesicht und bündeln sie im Nacken. Dann schleppen sie einen alten Tisch vom Strand ins Wasser und versuchen, eine angeschwemmte Flasche daraufzustellen. Als sie nach einem Glas suchen, wird die Flasche weggeschwemmt. Sie schleppen einen alten Stuhl herbei, aber das Glas schwimmt weg. Sie wollen sich auf den Stuhl setzen, da treibt der Tisch ab. Sie rennen dem Tisch hinterher, aber der Stuhl schwimmt fort. Am Ende hat das Meer alles zerlegt und in Teilen zurück an den Strand geworfen. Gegen Abend wird das Licht weicher, die Uccellini greifen nach den Händen ihrer Mädchen und verschwinden zwischen den Dünen.

Keiner der Uccellini denkt in diesem Sommer daran, dass die Zeit vergehen wird und sie irgendwann einmal keine Gruppe mehr sein werden. Dass sie sich aus den Augen verlieren und einzeln ihren Weg gehen werden, als Architekten, Journalisten, Bibliothekare oder was auch immer. Als sie diesen kleinen Film zum ersten Mal sehen, ist Philip S. schon lange tot. Wie in einem fernen Spiegel, betrachten sie die vergessenen Bilder ihrer Jugend, die er ihnen hinterlassen hat. Er selbst ist darin nicht zu sehen. Er spielt nicht mit. Sein Blick ist auf die anderen gerichtet, auf sie, die Uccellini, auf mich, auf mein Kind. Während er draußen bleibt, die Kamera nicht aus der Hand gibt, Zuschauer bleibt, einer, der sich nicht zeigt.

Und doch wird dieser Sommer die einzige Zeit unseres gemeinsamen Lebens bleiben, die sich auf Fotos wiederfinden lässt. Anfangs hatten wir die Nikon hin- und hergereicht und von jedem Film auf der Via Nomentana Kontaktbögen herstellen lassen. Dann suchte Philip S. die Bögen mit der Lupe nach Unschärfen und falschen Belichtungen ab. Er stellt sie in meinen Aufnahmen fest, zu hell, ohne Tiefenschärfe und mit einem lichten Schleier überzogen. Seine Fotos hingegen sind wie stets gestochen scharf und perfekt belichtet. Aber er beginnt in seinen eigenen Bildern etwas zu vermissen, was er in meinen, vom Augenblick verwischten Aufnahmen zu finden glaubt, etwas, das er sich selbst nie gestattet hätte. Er spürt darin eine Anziehungskraft, entdeckt ein Dabeisein, jene festgehaltenen Momente, die ein Vorher und ein Nachher aufschließen und Geschichte sichtbar machen.

Die Fotos dieses Sommers halten ihn in meinem Leben. Nur wenige sind übriggeblieben, als er damit begann, seine Geschichte auszulöschen. Es sind Bilder, auf denen sein Gesicht nur ungenau zu sehen ist, auf denen er zur Seite schaut, im letzten Moment sich wegdreht oder seine Gestalt nur durch einen Wasserstrahl erkennbar ist, den er auf mein jauchzend hindurchlaufendes Kind richtet. Ich sehe ihn im Park der Villa Borghese, den Blick auf etwas Fernes gerichtet. Ich sehe ihn zusammengekauert auf der Terrasse

Stützräder an ein kleines Fahrrad anschrauben. Ich sehe ihn im Studio einer Musikergruppe über ein Aufnahmegerät gebeugt. Seinen Körper habe ich vor Augen, nicht aber sein Gesicht. Selbst im Fotoautomat beugt er sich nicht zu mir herunter, als er neben mir steht. Und so erkenne ich heute nur seine Hand, die auf der Schulter meines alten, geblümten Kleides ruht.

Gegen Ende des Sommers legt er mir die Kamera, die ihm einmal alles bedeutet hatte, als Geschenk in den Schoß. Er hat sie nur noch einmal benutzt, als er anfing, sich mit dem Fälschen von Pässen zu beschäftigen. Ich konnte in diesem Augenblick auf der Terrasse nicht ahnen, dass er sich bereits freizumachen begann, lautlos und unauffällig, zuerst von den Dingen und dann, später, von den Menschen.

Auf dem Weg zum Meer machen wir halt am Markt von San Giovanni in Laterano oder an der Porta Portese, wo Philip S. sich Turnschuhe, Khakihosen, einen alten Leinenanzug und eine Fliegerjacke mit einem Lammfellkragen kauft. In Gedanken versunken, wühle ich in Bergen alter amerikanischer Kleider aus den dreißiger und vierziger Jahren, während sich mein Sohn unbemerkt von meiner Seite löst und von der Menge verschluckt wird. Eben stand er noch neben mir, und als ich nach seiner Hand greifen will, fasse ich ins Leere. Ein Abgrund tut sich auf.

Neben der Porta Portese hat sich fahrendes Volk niedergelassen. Alle Gruselgeschichten, die ich als Kind im Dorf über das Lager unten am Fluss gehört hatte, sind wieder da. Sie haben meinen Sohn mitgenommen, ich werde ihn nie wiederfinden, sie werden ihn zum Betteln zwingen, und er wird mich vergessen, während ich den Rest meines Lebens nach ihm suche. Philip S. geht mit perfektem Italienisch systematisch vor und findet ihn in der Obhut eines großen Polizisten in weißer Uniform wieder. Ich aber kann diesen Augenblick nie vergessen. Er wird mich jahrelang in den Nächten verfolgen. Was geschehen ist, wird zur Schuld. Die Orte wechseln, aber der Alptraum bleibt der gleiche. Noch lange nach seinem Tod aber ist Philip S. in steter Wiederholung derjenige, der mich von dem Schrecken erlöst und mein Kind zu mir zurückbringt.

Abends, wenn mein Sohn, müde vom Strand, eingeschlafen ist, füllen wir die Waschmaschine im Badezimmer. Es ist uns von allen Zimmern das liebste. Weiß und groß, größer als alle anderen Räume in der ebenerdigen Wohnung des sozialistischen Professors, wo es kaum Bücher gibt, keine Bilder und kein Spielzeug, und die Tische und Schränke mit Resopal überzogen sind. Wir rücken zwei Plastikstühle vor die Waschmaschine. Während sich die Trommel dreht und unsere Fundstücke im Schaum erscheinen und wieder versinken, steigen aus den Dingen Visionen einer Welt auf, in der wir mit unseren alten Kleidern leben wollen, Kleidern, aus denen Farbe und Appretur gewichen sind, die weich sind vom Waschen und vom Gebrauch und sich mit der Geschichte der Menschen, die sie einst getragen haben, unserem Leben anschmiegen. Die Hawaiihemden, Hosen, Jacken, Kunstseidenblusen, Satinkleider, Overalls und winzigen Sweatshirts für hundert Lire das Stück hängen wir auf die Wäscheleine. Sie zieht sich über eine riesige Terrasse, an deren hoher Betonmauer ein einziger vertrockneter Efeuzweig entlangkriecht. Dann füllen wir die nächste Maschine und reden weiter über das Buch *Summerhill* von A. S. Neill. Niemand, so empfinden wir es, hatte bislang den Begriff »Freiheit« so zwingend in den Mittelpunkt seiner

Gedanken über Kindererziehung gestellt wie dieser englische Pädagoge. Freiheit ist in der Schule von Summerhill etwas Machbares, etwas Erreichbares geworden, etwas, das man sich einfach nehmen kann.

Als der Sommer vorbei ist und der Frühnebel den Geruch nach Herbst auf die Terrasse trägt, beschließen wir, über Zürich zurückzukehren. Wir fahren durch die kleine Straße am Seeufer. Philip S. zeigt mir sein Elternhaus, aber er geht nicht hinein, hält nicht einmal an. Wir fahren weiter Richtung Zollikon, wo der Maler jetzt alleine in dem Atelier lebt, das einmal ihr gemeinsames war. In meiner Erinnerung wird es ihre letzte Begegnung gewesen sein. Sie sprechen über Bilder, während mein Sohn auf dem Fußboden des Ateliers in einem Katalog von Andy Warhol blättert; auf dem Umschlag sind Serien immer gleicher gelber, rosa und orangeroter Blumen zwischen giftgrünen Gräsern zu sehen.

Die Gespräche zwischen ihnen sind anders geworden. Philip S. hat Zweifel an dem, was noch vor einem Jahr sein künstlerisches Credo gewesen war. Die Auseinandersetzungen der letzten Monate in Berlin haben ihn verändert. Sie haben auch ein Bedürfnis nach Gemeinschaft und Zugehörigkeit hinterlassen. Das Bild des einsamen Künstlers trägt nicht mehr, gilt nicht mehr für ihn. »Du musst aufhören mit der Kunst«, sagt er jetzt. Aber der Maler hört nicht auf. Er macht weiter, und in den Jahren, in denen sein einstmals bester Freund auf Fahndungsplakaten gesucht wird, schafft er ein Werk in der Hoffnung, wie er sich ausdrückt, eine Spur von Wahrheit zu finden.

Es ist auch das letzte Mal, dass Philip S. sich mit Klari trifft, seiner Kinderfrau, die Päckchen mit Ovomaltine nach Berlin schickt, seit sie weiß, dass es in seinem Leben einen kleinen Jungen gibt. Erst jetzt nehme ich wahr, dass das Foto, das ich von ihnen beiden gemacht habe, ein Abschiedsbild ist und nicht, wie ich dachte, ihr Wiedersehen nach längerer Zeit festhält. Wie oft ich das Bild mit Klari auch betrachtet habe, die Bewegung darin, das Auseinanderstreben war mir entgangen. Erst jetzt gibt das Bild seine Bedeutung preis: ein Vorgriff auf die Geschichte, die damals für niemanden vorauszusehen war. Klari und Philip S. trennen sich hier voneinander, unter hohen Bäumen, auf einem leicht ansteigenden Weg, sie schauen sich an. Ich weiß nicht mehr, was sie gesagt haben. Aber man sieht die Liebe in dem Blick der kleinen älteren Frau im Übergangsmantel, in Gesundheitsschuhen, eine weiße Handtasche am Arm und die gewellten Haare im Nacken zu einem Knoten gefasst. Sie arbeitet nicht mehr im Haushalt der Familie, aber sie gehört noch dazu. Das bleibt so, über ihren Tod hinaus. Sie wird ihrer ehemaligen Herrschaft nicht von dem Besuch berichten. Sie wird sie nicht kränken wollen, denn sie weiß um die Entfernung zwischen Philip S. und seinem Elternhaus, und sie kennt ihren eigenen Platz im Leben dieses verlorenen Sohns. Wieder steht er mit dem Rücken zum Betrachter. Obwohl sie schon ein paar Schritte auseinandergegangen sind, schauen beide noch einmal zurück. Klaris rechter Fuß macht einen Schritt den Weg hinauf, während er sich im Trenchcoat zu ihr umdreht, bevor er den Weg in die andere, abschüssige Richtung weitergehen wird.

Wir kommen in der Nacht nach Berlin zurück. Das Kind des sozialistischen Professors hat den Samt meines goldenen Sofas mit Kugelschreiber bemalt. Die roten, blauen und grünen Striche verblassen mit der Zeit, aber in ihnen bleibt ein Riss eingeschrieben, der sich bald durch die vielen Dinge ziehen wird, die in meinem Leben von Bedeutung sind.

.... Worte tauchen auf, die nicht unsere eigenen sind. Wir reden von Klassenkampf, Proletariat, Imperialismus, von Dritter Welt und herrschender Klasse. Das Modell Summerhill hat aus entfernten Bekannten Gleichgesinnte gemacht. Alle melden wir unsere Kinder in den staatlichen Kindergärten ab, weil wir etwas anderes wollen als Reinlichkeitserziehung und Gehorsam. Wir mieten einen der vielen kleinen Läden, die leer stehen, seit überall Supermärkte eröffnet werden, renovieren ihn, richten ihn mit Matratzen ein, mit langen Tischen, Klettergerüsten und einem Sandkasten und nennen ihn Kinderladen. Eine Person ist immer für die Kinder da, wir Eltern kochen abwechselnd und putzen. Der erste Kinderladen ist gegründet, es folgt der zweite, der dritte, der vierte, und wir nennen es eine Bewegung. So ist es in die Geschichte eingegangen, ein sperriges Wort, das für eine Wende steht, für ein völlig neues Nachdenken über Kinder.

Noch ist Philip S. Student der Filmakademie. Er leiht sich zwei Kameras aus. Er will diese erste Zeit dokumentieren, will festhalten, wie die Kinder aufeinander zugehen, wie Mädchen und Jungen sich in der neuen Gemeinschaft bewegen, wie sie Neuland betreten, Freundschaften schließen oder am Rand bleiben, wie sie standhalten oder wie sie fallen, wie sie sich an die Eltern klammern oder sie gehen lassen. Jeden Tag legt er sein Augenmerk auf ein anderes

Kind, stellt es in den Mittelpunkt der filmischen Aufzeichnungen und folgt den Linien, die zu jedem der kleinen Menschen hin und von ihnen wieder wegführen. Er tastet den Radius kindlicher Bewegung ab. Die zweite Kamera überlässt er jeweils einem Vater oder einer Mutter. Er will auch festhalten, wie die Eltern auf ihre eigenen Kinder schauen. Wenn das gedrehte Material einmal in der Woche durch den Projektor läuft, erkennen wir uns wieder in den Bildern, in dem Blick, den wir auf unsere Kinder richten. Die Filme, die die Eltern gedreht haben, tragen die Zeichen einer unauflöslichen Bindung, der Verklärung, der Liebe und auch der Schuld, die alle Eltern mit sich herumtragen, gefangen in ihren eigenen Bestrebungen, Wünschen und Hoffnungen. Wenn ihr Kind ins Bild kommt, folgen sie ihm, legen aber sofort die Kamera beiseite, wenn es Streit anfängt, wenn es nicht teilt, wenn es das tut, was sie lieber nicht sehen und schon gar nicht zeigen wollen, oder wenn ihm etwas angetan wird.

Philip S. aber liefert eine Bestandsaufnahme. Seine Liebe zu meinem Kind hindert ihn nicht daran, kühl zu beobachten. Als Mensch hinter der Kamera ordnet er sein Gefühl einem Ziel unter, und das wird er auch einige Jahre später tun. Er dreht weiter, wenn die Eltern längst eingreifen würden. Er legt die Kamera auch dann nicht weg, als mein kleiner Sohn von zwei älteren Jungen an den Armen gepackt und so lange hin und her gerissen wird, bis er weint. Wieder bleibt er Betrachter, will sichtbar machen, was geschieht, was sich abspielt zwischen den Kindern, kommentarlos und ungeschönt. Und doch verletzt mich dieses kleine Stück Film, weil Philip S. diese Szene aushält.

Wenn wir die Filme einmal in der Woche analysieren, erkennen wir, was wir nicht wollen. Und jedes Mal kommen

wir zu anderen Erkenntnissen, entwickeln immer neue An-
sätze und Vorstellungen, wie wir unseren Kindern den Weg
in ein freies, selbstbestimmtes Leben ebnen könnten. Mit
jeder Erkenntnis aber und mit jedem neuen Ansatz wird die
Entfernung vom Ziel größer. Das Modell der freien Schule
von Summerhill haben wir längst hinter uns gelassen. Jetzt
wollen wir keine freie Insel mehr in einer unfreien Welt.
Was wir wollen, bestimmen die Bücher, die wir gerade lesen. Die Bücher sind für uns Handlungsanweisungen. Die
Auseinandersetzung mit Herbert Marcuse, Wilhelm Reich,
Erich Fromm, Nelly Wolffheim, Theodor W. Adorno, Walter Benjamin, Karl Marx und Sigmund Freud ist unsere
Hauptbeschäftigung. Wir bilden Gruppen, wir bekämpfen
einander, wir werfen uns Haupt- und Nebenwidersprüche,
kleinbürgerliches Bewusstsein oder reaktionäres Verhalten
an den Kopf. Erziehung und Politik lassen sich nicht mehr
trennen. Politik ist für uns etwas Persönliches geworden.
Was auch immer irgendwo auf der Welt geschieht, es hat
mit unserem Leben zu tun, ganz gleich ob es sich um den
Vietnamkrieg handelt, um alte Nazis in unserer Regierung
oder um die Erhöhung der U-Bahntarife. Alles hängt mit
allem zusammen, jede neue Frage führt mitten hinein in
die Gesellschaft, in der wir leben. Alles, was uns begegnet,
bringen wir auf einen Begriff. Und hinter den Begriffen
steht die große gesellschaftliche Umwälzung, die Revolution heißt.

Wir kaufen eine kleine Druckmaschine und drucken
längst vergessene Texte über Erziehung und Psychologie.
Uns kommt zu Ohren, dass sich ein unveröffentlichter
Text von Walter Benjamin »Das Programm eines prole-
tarischen Kindertheaters« im Besitz eines Doktoranden
befinden soll. Ein Rollkommando aus dem Kinderladen

erscheint in seinem Arbeitszimmer, nimmt ihm die Seiten vom Tisch weg, kopiert sie und bringt das Original zurück. Wir sagen, dass wir den Text für unsere Arbeit mit den Kindern brauchen, und zwar sofort, nicht irgendwann. Aus dem Text machen wir eine Broschüre, fügen unsere Gedanken und leere Seiten für eigene Notizen hinzu und geben den Aufsatz von Walter Benjamin schneller heraus als der Doktorand und der Verlag, der die Rechte besitzt: Wir legen die gedruckten Seiten auf einem langen Tisch aus, gehen um den Tisch herum, legen Seite um Seite zusammen, wobei sie manchmal durcheinandergeraten. Alles wird gefalzt und geheftet. Die fertigen Broschüren bringen wir in Buchhandlungen, wo sie als Raubdrucke unter dem Ladentisch verkauft werden. Mit dem Geld bezahlen wir die Miete und den Lohn für die Person, die täglich im Kinderladen für uns arbeitet. Wenn das Geld immer noch nicht reicht, putzen wir nachts gemeinsam Büros. Wir wischen über Tische, auf denen kein Staub liegt, rücken Schalen mit Kugelschreibern rechtwinklig neben Telefone und Adressenroller. Wir leeren Papierkörbe mit ein paar Blättern in einen Müllsack, wischen über Bürostühle und an Fensterbänken entlang und schieben den Staubsauger durch das nächtliche Schweigen beleuchteter Großraumetagen.

Es ist einer der letzten sonnigen Tage des Jahres 1968. Der Kinderladen hat noch einen Ausflug gemacht, bevor es kalt wird. Philip S. steht neben einem parkenden Auto auf einer schmalen Straße, die am Rand einer Wiese entlangführt. Er hat den Tag mit den Kindern verbracht und wartet, dass sie sich auf die Autos der Eltern verteilen, um am späten Nachmittag nach Hause gefahren zu werden. Als letztes ist ein kleines Mädchen zu einer der Mütter auf den Rücksitz eines Volkswagens geklettert. Was dann passiert, geht so schnell, dass niemand später sagen kann, wer im Durcheinander des Aufbruchs die Autotür zugeschlagen hat. Auch sie, die losfahren will, hört nur einen Schrei, der im Lärm der anderen Kinder auf der Rückbank fast untergeht, bis sie begreift, was geschehen ist, und die Tür wieder aufreißt. Aus dem Türschloss löst sich eine kleine, weiche Kinderhand. Kein Blutstrom, nur ein dünnes rotes Rinnsal, dort wo eben noch das letzte Glied eines Ringfingers war, das jetzt fehlt.

Die Kinder von der Rückbank rennen zu den anderen Autos. Philip S. hält das Mädchen fest in den Armen, und sie rasen zum nächstgelegenen Krankenhaus im Westend. Vor dem Eingang springt er aus dem Auto. Die Fahrerin sieht noch seine Hand auf dem Kopf des zitternden Kindes liegen, während er mit schnellen Schritten auf die Notaufnahme zueilt und sie einen Platz sucht, um das Auto abzustellen. Dann ist er in den langen verzweigten Gängen verschwunden, von der Notaufnahme in die Chirurgie. Vom ersten Augenblick an, erinnert sie sich vierzig Jahre später, sei Philip S. davon ausgegangen, während er das Kind im Arm hielt und sie das Auto halsbrecherisch durch die stillen Straßen des Berliner Westend lenkte, dass das Fingerstückchen wieder angenäht werden könne. Wenn die Chinesen einen ganzen Arm wieder annähen können, hatte er gesagt, werden sie in Deutschland wohl ein Fingerglied annähen können. Er habe das Kind nur in die Obhut der Ärzte geben wollen, um sich dann auf die Suche nach dem winzigen, abgerissenen Teilchen zu machen. Als er in kalter Wut zum Auto zurückkommt, hält er das weinende Kind immer noch im Arm. Die Operation der Chinesen, so die Ärzte im Krankenhaus, sei nichts als kommunistische Propaganda.

Die Blutgefäße an dem fehlenden Fingerteil seien längst abgestorben, es lohne nicht, danach zu suchen, und da das Stück vom Türschloss abgerissen und nicht glatt abgeschnitten worden sei, müsse der Finger, einer sauberen Lösung wegen, wie sie es ausdrückten, um ein weiteres Glied verkürzt werden. Bei dem Ausdruck »saubere Lösung« sei es zu heftigem Streit gekommen. Worte wie »Gammler«, und »verantwortungslos« seien seitens der Ärzte gefallen, während er mit »faschistoider Medizin« zurückgeschlagen habe.

Der verletzte Finger war zwar in der Notaufnahme gereinigt und verbunden worden, das Kind hatte auch ein Schmerzmittel bekommen, aber man hatte Philip S. nach dem Streit nicht mehr telefonieren lassen. Von einer Telefonzelle aus versucht er, einen befreundeten Arzt im Neuköllner Krankenhaus zu erreichen. Sofort, hört er am anderen Ende, solle er nach dem Finger suchen und kommen. Das kleine Mädchen schreit jetzt nicht mehr, von Zeit zu Zeit gibt es ein Wimmern von sich oder ein müdes Schluchzen, und sie, die Fahrerin, hört leise schweizerdeutsche Worte, die er ihm zuflüstert. Dann schläft das Kind ein, und in der hereinbrechenden Dämmerung erreichen sie die Stelle, wo irgendwo unter Laub, Gras und Erde der winzige abgetrennte Teil eines Mädchenfingers liegen muss.

Er konnte sich erinnern, dass das Auto neben einem Gully gestanden hatte. Straßenfeger hatten begonnen, in der Nähe des Gullys Laub am Straßenrand zusammenzukehren und auf einen kleinen Laster zu werfen. Mit Streichhölzern leuchten sie in das Abflussgitter. Die Straßenfeger helfen ihnen, den Rost hochzuheben. Philip S. wühlt vorsichtig mit der Hand durch Dreckklumpen und Matsch. Dann tastet er das Fingerglied mit dem Fingernagel, nicht größer als ein Apfelkern, und legt es in ein Tempotaschentuch.

Vom Nordwesten Berlins rasen sie über die Stadtautobahn in den äußersten Südosten. Am Krankenhauseingang werden sie bereits mit einer Kühldose für das Fingerstückchen erwartet. Das schlafende Kind wird in die Arme einer Schwester gelegt. Als die Eltern im Krankenhaus ankommen, machen sich Philip S. und seine Begleiterin auf den Heimweg.

Er hat nicht mehr erfahren, dass wenige Jahre später nahezu keine Spuren mehr an der Hand des Mädchens zu sehen waren, bis auf eine blasse Narbe, die sich wie ein schmaler Ring um das Fingergelenk legte und vermutlich irgendwann ganz verschwand.

X ....
.... Im Herbst flammen die Auseinandersetzungen an der Filmakademie wieder auf. Ein Anwalt wird als
Rädelsführer der Proteste angeklagt, die nach den Schüssen
auf den Studentenführer am Springerhochhaus stattfan-
den. An der Akademie entsteht in geheimer Produktion ein
Film, der Handlungsanweisungen für die bevorstehende
Demonstration liefert. Ich habe vergessen, ob Philip S. daran mitgearbeitet hat, aber auf dem Flohmarkt kauft er sich
eine Militärjacke mit vielen Taschen, die für Steine vorge-
sehen sind. Am Morgen des vierten November geht er zum
Landgericht am Tegeler Weg, wo der Prozess beginnt. Die
Demonstration gerät zu der gewalttätigsten Auseinandersetzung mit der Polizei, die es in den Jahren der Studenten-
bewegung je gegeben hat. Pflastersteine liegen wie zufällig
auf einem Lastwagen bereit. Später wird bekannt, dass der
Lastwagen von einem »Agent provocateur« am Straßenrand
abgestellt wurde. Zum ersten Mal werden mehr Polizisten
als Demonstranten verletzt. Zum ersten Mal bilden die
Demonstranten Reihen und gehen eingehakt auf die Polizisten zu. Zum ersten Mal wird Tränengas eingesetzt. Was
geschieht, entwickelt sich zu einer Schlacht, bei der am Ende niemand weiß, ob einer von den zweitausenddreihun-
derteinundsiebzig Steinen, die danach auf der Straße ge-
zählt werden, einen Menschen getroffen hat. Zum letzten
Mal tragen die Polizisten die altmodischen Tschakos, die an
Pickelhauben erinnern. Für die nächsten Einsätze werden

sie mit Helm und Visier ausgerüstet, bis sie dann gänzlich hinter Schutzschilden verschwinden. Danach beginnt unter den Studenten eine neue Diskussion, in der versucht wird, die Trennungslinie zwischen Gewalt gegen Sachen und Gewalt gegen Menschen zu bestimmen. Ob Philip S. Steine gegen Sachen oder gegen Menschen geworfen hatte, konnte er im Tumult selbst nicht auseinanderhalten.

Drei Wochen später wird er mit siebzehn anderen Studenten von der Akademie verwiesen. Feindseligkeiten, die ein halbes Jahr zurückliegen und nicht ausgeräumt worden waren, haben zu diesem Schritt geführt, ein beleidigendes Flugblatt, der Rauswurf eines Studenten, der das Flugblatt verfasst hatte, und ein dem Direktor entrissener Zettel, auf dem er sich die Namen all jener notiert hatte, die in seinem Büro die Zurücknahme des soeben ausgesprochenen Verweises forderten. Der Direktor jedoch konnte sich auch ohne Zettel an alle erinnern. Er zeigte sie an wegen Hausfriedensbruch, weil sie in sein Zimmer eingedrungen waren, wegen Nötigung, weil sie versucht hatten, ihm eine Diskussion aufzuzwingen, die er nicht führen wollte, und wegen Gewaltanwendung beim Entreißen des Zettels mit den Namen. Die Briefe kommen am nächsten Tag. Für achtzehn von vierundfünfzig Studenten ist die Ausbildung beendet.

Obwohl sie damit gerechnet hatten, ist es ein Schock. Es steht in allen Zeitungen, aber sie wollen auf einer Veranstaltung in der Freien Universität selbst darüber berichten. Das Plakat zeigt eine Kamera, neben deren Objektiv Gewehrläufe zu sehen sind. Als der Sender Freies Berlin während der Veranstaltung drehen will, drängt eine Gruppe, in der sich auch Philip S. befindet, den Kameramann beiseite, um das teure Gerät zu »enteignen«. Die Studenten fahren nach München an die Filmhochschule, um auch dort über den Rauswurf zu berichten. Wieder nehmen sie ihre Filme mit. Als Philip S. dort den *Einsamen Wanderer* zeigt, fragen auch die Münchener Studenten, wie denn eine solche Arbeit und eine politische Haltung zusammenzubringen sei. Diesmal erklärt er die Form seines Films als einen Angriff auf bürgerliche Sehgewohnheiten.

Heute kann man eine Antwort versuchen, schreibt einer der achtzehn rausgeworfenen Studenten Jahre später, als er längst ein bekannter Filmtheoretiker ist. Etwas Wegweisendes sei an diesem Film gewesen, sagt er, ein Gespür für Kargheit, der Film tue nicht so, als gäbe es eine Welt, die als Drehort zur Verfügung stünde. Eine Einstellung wie die, in der ein Wagen ganz langsam über den Kies einer Auffahrt rollt, zeige deutlich, dass das Auge die Filmrealität herzustellen habe und nicht ein Kulissenschieber.

Es ist das letzte Mal, dass Philip S. seinen Film vorführt. Er wird ihn zurückgeben und aus der Akademie verschwinden. In einem Rückblick auf das zehnjährige Bestehen der Hochschule, der ein Jahr nach seinem Tod erscheint, taucht er nur noch einmal als »toter Schweizer« auf; in den folgenden Rückblicken wird er nicht mehr erwähnt. Er hat seinen Film zwar noch im Gepäck, als er sich mit einem Freund von München aus wieder auf den Weg nach Italien macht, aber er kommt nicht mehr dazu, ihn zu zeigen.

Es sollte eine kurze Reise sein, nur über die Grenze und wieder zurück. Sie sind zu zweit unterwegs. Sie wollen den Film eines italienischen Regisseurs nach Deutschland bringen, der aus Gründen verboten war, an die sich heute niemand mehr erinnert. Eine Kopie liege in Mailand. Noch immer streiken in Italien die Studenten. Wieder werden die Fremden auf einer Veranstaltung in der Universität für Abgesandte aus Berlin gehalten. Philip S. überbringt eine eilig aus Schlagworten zusammengezimmerte, auf Italienisch verfasste Grußbotschaft der rausgeworfenen Studenten der Filmakademie. Wieder werden sie eingeladen, diesmal ist es ein bekannter Maler monochromer Bilder, der sie aufnimmt, und wieder geraten sie in eine Demonstration, wo Philip S. in der Mailänder Galeria ein Molotow-Cocktail zugesteckt wird, der aus der Tasche seines langen Mantels rutscht und auf dem Marmorboden zerschellt. Sekunden später drängt die Menschenmenge über eine hochexplosive Pfütze hinweg.

Kurz darauf werden er und sein Begleiter in einem Café verhaftet. Mit erhobenen Händen gehen sie mit den Polizisten nach draußen, wo ein Wagen wartet, um sie ins Polizeigefängnis zu bringen. Als das Telegramm von seiner Festnahme kam, war mein erster Gedanke, dass ich ihn nicht wiedersehen würde. In meiner Erinnerung ist es bereits kalt, und die Ereignisse in Mailand sind in eine frühabendliche Dunkelheit gehüllt. Aber ein bekannter Anwalt hatte im Café mit am Tisch gesessen und nach einigen Tagen ihre Entlassung erreicht. Dann werden sie aus Italien ausgewiesen. Philip S. kommt zurück wie von einem Grenzgang zwischen Kunst und Leben. Was er erlebt hatte, war für ihn wie eine Sequenz aus einem Film gewesen. Was geschehen wäre, wenn jemand ein brennendes Streichholz oder eine noch glühende Zigarettenkippe in die Pfütze geworfen hätte, das blendete er wie mit einem Schnitt aus.

XI ....

.... Es ist seine Idee, nicht meine. Ich habe gar nicht vor, Filme zu machen. Der technische Aufwand ist mir zu groß. Ich bewege mich in kleinen Kreisen. Das, was ich tun will, soll überschaubar und von mir alleine zu bewältigen sein. Durch den Rauswurf aus der Akademie aber war Philip S. von Kameras und sonstigem Gerät abgeschnitten, und in ihm reifte die Vorstellung, dass ich mich an der Filmakademie bewerben könnte, um ihm auf diesem Umweg Zugang zur technischen Ausstattung zu verschaffen. Er wollte unbedingt weiter Filme machen, aber er wusste noch nicht, wie.

Da ich wenige Vorkenntnisse aufzuweisen habe, entwickeln wir zusammen ein Konzept, wie ich durch das Nadelöhr der Prüfung komme. Um zu verbergen, was ich nicht kann, muss ich dadurch auffallen, dass ich alles anders mache, als es verlangt wird. Philip S. fertigt mir eine große Mappe an. Ich lege Vergrößerungen der Fotos aus Italien hinein, die in blassen Abzügen mit schwindenden Umrissen auf dünnem Dokumentenpapier von meinem Kind erzählen. Kurz vor der völligen Auflösung nehmen die Bilder den Charakter von flüchtig mit weichem Bleistift hingeworfenen Skizzen an. Ich lege eine Arbeit über Schillers *Don Carlos* dazu, so wie ich sie, als ich noch studierte, im Seminar vorgetragen hatte, nichts Fertiges, ein Einblick in die Entstehung von Gedanken, mit handschriftlichen Korrekturen und Notizen am Rand. Ich lege auch einen kleinen Film dazu, den Philip S. und ich in Italien gedreht haben. Wir nennen ihn, nach Edgar Allan Poe, den »Fall des Hauses Usher«. Ein aus Sand gebautes Schloss lassen wir mit Doppelbelichtung Welle für Welle vom Meer wegspülen.

Wieder dauert die Prüfung eine Woche. Eine Filmszene aus Hitchcocks *Verdacht*, in der Cary Grant mit einem Glas Milch in der Hand eine geschwungene Treppe hinaufsteigt, zerlege ich mit Hilfe von Philip S. in Sichtachsen, Ausschnittgrößen, Schnitte, Kamerapositionen und so weiter. Den kurzen Film, der auch zu den Aufgaben gehörte, drehe ich vom Gepäckträger eines Mopeds aus. Vor mir sitzt Philip S. mit einer Gummimaske über dem Gesicht. Von hinten habe ich die unheimliche, schräg im Profil angeschnittene Maske und die vorbeigleitenden Bäume und Himmelsfetzen im Bild, während wir mit einer einzigen Einstellung über einen holprigen Waldweg rasen.

Außer einer kurzen Inszenierung gilt es auch, ein entscheidendes, den Werdegang prägendes Ereignis darzustellen. Während einige über das erste Theaterstück oder den ersten Film von Godard schreiben, schreibe ich über einen Dackel. Heute würde ich die Geschichte mit dem Dackel anders erzählen. Wahrscheinlich würde sie mich zurückbringen in die Landschaft, in der ich aufwuchs, in die Rhön mit ihren kalten Wintern, und sie würde in der Geborgenheit einer alten Burg enden, am Kachelofen, bei meiner Mutter, wie alle Geschichten meiner Kindheit. Damals aber diente die Episode dazu, mir meine Klassenlage vor Augen zu führen. Sie nahm ihren Anfang auf der grauen Kiesfläche eines Schulhofs, wo die Kinder einen Dackel ärgerten, und endete an einer Mauer, auf die sich die Kinder geflüchtet hatten, als der Dackel wütend angeschossen kam. Weder hatte ich den Dackel geärgert, noch war ich auf die Mauer geklettert. Aber mich hat er gebissen.

In meinem Text dachte ich darüber nach, warum ich nicht auf die Mauer geklettert war. Ich hatte die Gefahr nicht erkannt. Aber warum hatte ich sie nicht erkannt? Weil ich die Wirklichkeit nicht kannte. Und ich kannte die Wirklichkeit nicht, weil ich ein idealistisches, weltfremdes Bürgerkind war, das oben auf einem Felsen in einem halbzerfallenen Gemäuer lebte und von einem Hund Gerechtigkeit erwartete.

. . . . Mit dem ersten Schnee taucht seine Mutter
auf. Sie steht in Pelzhut und Mantel vor der Tür, am Arm
eine Handtasche, ohne Gepäck. Als sie in der Zeitung las,
dass ein Drittel der Studenten von der Filmakademie geflogen sei, hat sie sich ins Flugzeug gesetzt. Sie weiß, wo
ihr Sohn wohnt, sonst weiß sie nichts. Sie kommt an einem Sonntagvormittag, um herauszufinden, ob er zu den
Relegierten gehört. Sie hat sich nicht angekündigt. Als sie
an der Tür klingelt und ihren Sohn mit einer verheirateten
Frau und einem Kind vorfindet, steigt der Verdacht in ihr
auf, dass alle, auch der zufällig anwesende Vater des Kindes,
von dem Geld leben, das sie und ihr Mann monatlich für
die Ausbildung an der Filmhochschule überweisen. Voller Unbehagen bewegt sie sich in dem Durcheinander aus
herumliegendem Spielzeug, Büchern und alten Möbeln.
Schließlich setzt sie sich auf das goldene Sofa mit den noch
nicht verblassten Kugelschreiberstrichen. Von ihrem Platz
aus kann sie auf die kahlen Bäume blicken, an deren Äs-
ten Schneereste hängen. Ab und zu rattert eine schmutzige
rot-gelbe S-Bahn durch den Fensterausschnitt. Während
sie der verbliebene Glanz in der Wohnung täuscht, sucht
ihr Blick Halt an abgeplatztem Furnier und erblindeten
Spiegeln. Sie kann sich nicht entscheiden, ob sie die neue
Umgebung ihres Sohnes luxuriös oder heruntergekommen
finden soll. Sie weiß nicht, woher die Dinge stammen, die
sie sieht. Es verwirrt sie. Sie hat keine Vorstellung von dem

eingeschlossenen Berlin, dass hier die Zeit stillsteht in riesigen Wohnungen, wo alleingebliebene alte Menschen auf den Abend und die Nacht warten, während sich der Staub über die Dinge legt, die nach ihrem Tod auf dem Sperrmüll oder im Ankauf-Verkauf landen werden. Mutter und Sohn haben sich nichts zu sagen. Hart klappt der Verschluss der Handtasche in ihr Schweigen. Er nimmt ihre Unsicherheit in der fremden Umgebung wahr, aber er hilft ihr nicht. Sie fragt nicht nach dem Film, den er gedreht hat, nicht nach seinem Leben mit Frau und Kind und auch nicht nach den Gründen, die zu dem Rauswurf geführt haben. Ihr Interesse gilt einzig dem monatlichen Scheck, der künftig ausbleiben wird. Ein Jahr lang haben sie sich nicht gesehen. Sie bleibt eine Stunde. Dann kehrt sie nach Zürich zurück. Sie sehen sich nur noch einmal, bevor sie am neunten Mai 1975 ihre schwerste Reise nach Deutschland antritt. Später, als mein Sohn so alt ist wie ihr Sohn, als er starb, drängt es mich, ihr zu sagen, dass ich um ihren Schmerz weiß. Aber ich habe es nicht getan. Die Furcht, zurückgewiesen zu werden als die Frau, die in ihren Augen das Verderben über ihren Sohn gebracht hat, war zu groß.

Im Winter 1969 wird Philip S. Taxifahrer. Wochenlang bereitet er sich auf die Prüfung vor. Ich frage ihn Strecken ab, die er auswendig lernen muss. Die kürzeste Verbindung von Wittenau nach Britz und von Wannsee nach Kreuzberg, alle größeren Querstraßen und sämtliche Straßen, die plötzlich aufhören, weil sie an die Mauer stoßen. Er kennt sich jetzt aus. Er fährt nachts. Die Nacht zieht ihn in ihren Bann. Er erlebt sie wie eine Gegenwelt. Neben ihm eine Thermoskanne und ein Butterbrot. Er meidet die Warteschlangen an den Rufsäulen. Er zieht das Fahren vor, wo immer es ihn hin verschlägt, und er nimmt seine Kunden lieber vom Straßenrand mit, als dass er am Bahnhof Zoo oder am Flughafen Tempelhof auf sie wartet. Er fährt einen Blinden ins Bordell am Stuttgarter Platz und sucht ihm eine Frau aus, er fährt eine weinende Frau von Bar zu Bar auf der Suche nach ihrem Verlobten, er rüttelt einen Mann im Schnee wach und fährt ihn zu einem Hochhaus im Hansaviertel, und er zerrt einen Betrunkenen aus dem Auto, der ihn Gammler nennt. Nach acht oder neun Stunden bringt er das Taxi in die Zentrale und kommt nach Hause. Er fährt, wann es ihm passt. Er kann es sich aussuchen. Was er verdient, reicht uns zum Leben. Wenn er nicht Taxi fährt, nimmt er Kontakt zu Gruppen in den Arbeitervierteln und Betrieben auf und beginnt sich langsam der Welt zu nähern, in die er irgendwann ganz und gar hinabtauchen wird. Es ist die Zeit, in der aus seiner Sprache die letzte Erinnerung an die Schweiz von einem leichten Berliner Akzent verdrängt wird. Es ist auch die Zeit, in der wir immer öfter sagen, man müsse dieses tun und jenes, und dass es jetzt reiche, dass es jetzt genug sei. Alle reden davon, dort, wo wir zusammenkommen, im Kinderladen, bei Versammlungen. Wir sagen es über den Vietnamkrieg, wir sagen es, wenn wieder ein Führer der Black Panther in den Vereinigten Staaten erschossen worden ist, wir sagen es, wenn zum wiederholten Mal ans Licht kommt, dass ein alter Nazi-Richter immer noch Recht spricht, wir sagen es, wenn in Griechenland auf streikende Arbeiter geschossen wird, wenn in den Betrieben die Stückzahl erhöht und den Kinderläden staatliche Zuschüsse verweigert werden. Wir sagen es ständig, und als sich schließlich die Frage: Reden oder Handeln stellt, handeln wir auch. Scheiben der griechischen Botschaft gehen zu Bruch, aus dem Auto eines für irgendein Unrecht verantwortlichen Richters schlagen Flammen, auf den weißen Amischlitten eines unbekannten Besitzers sprüht Philip S. in roten Lettern das Wort »Arbeitermacht«, an der Wand eines Senatsgebäudes prangert er in großen Buchstaben den für die Polizei verantwortlichen Innensenator an, während ich im Auto mit laufendem Motor warte und wir in letzter Minute vor der gezogenen Waffe eines Polizisten entkommen, der aber nicht schießt, weil er mit seinen Stiefeln auf dem vereisten Pflaster ins Rutschen gerät. Ich bin blind für die Gefährlichkeit dieses Augenblicks, weil ich nur noch nach Hause will, zu meinem Kind. Im Nachhinein sieht es wieder aus wie eine Szene aus einem Film. Ich hatte noch nie in die Mündung einer Pistole geblickt, ich wollte nicht glauben, dass es Wirklichkeit war, was ich gesehen hatte.

Ich weiß nicht, woher ich die Gewissheit nahm, dass ich nach solchen kurzen nächtlichen Ausflügen immer wieder unversehrt nach Hause kommen würde. Der Anblick meines schlafenden Kindes wurde zu einem Moment des größten Glücks. Vielleicht waren die Überwindung der Angst und die Aussicht auf die Heimkehr der eigentliche Antrieb für meine Gratwanderungen, während Philip S. nicht an Zurückkehren, sondern an Weitermachen dachte. Wie ihn einst sein künstlerischer Anspruch herausforderte, so verlangt er sich jetzt eine politische Glaubwürdigkeit ab, die er im Schutz der Dunkelheit zu beweisen sucht.

XIII ·

· · · · · · · · · · · · Im Winter des kommenden Jahres, als meine Freundin C. zum zweiten Mal, wie sie mir später anvertraut, stumm und unauffällig ihren Tod plant, hatte ich meine immer noch in den Anfängen steckende Doktorarbeit endgültig beiseitegelegt und in der Wohnung an den Bahngleisen eine Werkstatt eingerichtet. Philip S. hat Halterungen für Kleiderstangen schweißen lassen. An den Wänden hängt meine Sammlung der Mode aus den dreißiger und vierziger Jahre, die ich von der Porta Portese und dem Markt St. Giovanni in Laterano mitgebracht oder in den Berliner Trödelläden zusammengesucht habe. Es kommen Freundinnen aus den Kinderläden und einige der Frauen, die an der Filmakademie studieren. Manche suchen sich Kleider aus, die ich ihnen anpasse. Oder ich nähe etwas ganz Neues für sie.

An dem Tag, den C. dazu bestimmt hatte, dass er ihr letzter sein würde, kommt sie in meine Werkstatt und näht sich eine Hose aus grünem Samt. Vor dem Spiegel probiert sie die Hose an, die eng an ihrem schlanken Körper liegt. Wir verbringen die Stunden des Nähens mit Gesprächen, wie wir sie immer geführt haben. Über Abnäher, Beinlänge, über Hosenbund und Schlag, über Männer und Kinder, über eine geplante radikale Frauenzeitschrift, die wir im Kopf haben, über ein Leben in Kommunen und über all das, was in der Welt im Argen liegt, und darüber, wie wir es ändern könnten.

Dass ihre Vorstellungen davon, wie die Welt zu ändern wäre, längst die meinen gesprengt haben, verbirgt sie. Ihre Schritte waren immer ein wenig größer als meine. Auch wenn ich sie gerade noch neben mir gespürt hatte, war sie bereits unterwegs zu etwas Neuem. Eine Liebesgeschichte hatte sie bis nach Jordanien in ein Lager der palästinensischen Befreiungsfront geführt. Die Liebesgeschichte ist vorüber, als sie nach einigen Wochen zurückkehrt, aber das Leben in dem Lager bleibt haften, die Bilder von Gewalt und Hoffnungslosigkeit, ein Zorn, den sie stellvertretend für die palästinensischen Kämpfer aus der Fremde mitbringt.

Als die Hose fertig ist, schlüpft sie hinein, umarmt mich und geht nach Hause. In der Nacht schluckt sie dreißig Schlaftabletten. Nichts hatte darauf hingewiesen, dass sie gekommen war, um sich für immer zu verabschieden. Vielleicht ist ihre Umarmung inniger als sonst gewesen, denke ich später, als die Trauer diesem Augenblick ein anderes Gewicht gibt. Sie will alles hinter sich lassen, ihre kleine Tochter und auch, wie mir allmählich bewusst wird, die Trümmer eines gefährlichen Traums. Ich ahne, dass meine Freundin noch eine andere, verhängnisvolle Existenz führt und möglicherweise an einem versuchten Anschlag beteiligt gewesen ist, dessen Folgen sie niemals hätte verkraften noch rechtfertigen können. Ihr Leben spielt sich auf brüchigem Boden ab. Das Undurchschaubare, doch Kampfbereite und Siegesgewisse, das sie nach ihrer Rückkehr aus Jordanien umgab, erscheint mir rückblickend wie der Vorbote einer in ihrem Inneren ablaufenden, unaufhaltbaren Tragödie. Sie handelt von Anspruch und Schuld und von einem Menschen, der, zerrieben zwischen Vorstellung und Wirklichkeit, den Boden unter den Füßen verliert. Noch

einmal überlebt sie und kommt im Frühling im Garten-
häuschen meiner Mutter wieder zu Kräften.

Im Verlauf des Sommers werden Philip S. und ich der vielen schönen alten Dinge überdrüssig, mit denen wir uns
ausgestattet haben. Unser Leben hat eine Geschwindigkeit
erreicht, die keine Zeit lässt, den Staub auf Glaslampen,
Biedermeierkommoden und polierten Tischen wegzuwi-
schen. Wir sind jetzt oft in Kommunen unterwegs; eine
Matratze, ein Tisch, eine gute Zeichenlampe, ein paar
Stühle, eine Kleiderstange und vielleicht noch ein großer
Spiegel reichen uns als Einrichtung. Ein Auto, in das nur
eine Kleinfamilie passt, finden wir nicht mehr zeitgemäß,
und Philip S. lässt seinen kleinen roten Citroën in Flammen aufgehen und kauft von dem Geld der Versicherung
einen Bus. Wir beladen ihn mit der Vitrine, dem kostbaren
Geschirr, dem ovalen Tisch mit den Sesseln, dem Biedermeiersofa, dem goldenen Spiegel und den Empire-Stüh-
len. Südlich von Frankfurt lebt meine Mutter mit ihrem
zweiten Mann, einem Kunsthistoriker, im eigenen Haus,
und wir tragen die Vitrine ins Wohnzimmer, stellen das
mit blassen Rosen bemalte Geschirr hinein, tragen ein altes
durchgesessenes Sofa hinaus, rücken das Biedermeiersofa
unter ein Gemälde, das entfernt an Chagall erinnert, davor
den Tisch und die Sessel.

Für Philip S. sind es die letzten Reisen in das Haus im hessischen Ried. Er hat es immer als mein Elternhaus empfunden, auch wenn es nicht mein Elternhaus ist und ich selber
Gast bin. Aber die Atmosphäre in dem kleinen Anwesen
empfindet er so, wie er sich sein Elternhaus gewünscht
hätte: offen, unkonventionell und an jedem interessiert,

der durch die Gartenpforte kommt. Gespräche nehmen einen großen Teil des Tages in Anspruch. Sie beginnen beim Frühstück, wenn der Mann meiner Mutter ab und zu aufsteht, um einen Ausstellungskatalog zu holen oder ein Buch, das er gerade erwähnt hat. Vor und nach dem Mittagessen ruht er sich ein wenig von den Gesprächen aus, um sie beim Kaffee wieder aufzunehmen und bis zum Abend fortzuführen. In der Zeit, als wir das Haus mit meinen Möbeln füllen, beschäftigt er sich mit den Kommentaren zu einem Comicbuch mit kunsthistorischem und kabbalistischem Hintergrund. Jedes Mal, wenn wir mit einer neuen Ladung ankommen, ist er einen Schritt tiefer in die Entschlüsselung der Bilder des Comicmalers und des Textes eingedrungen. Dann geht er in sein Arbeitszimmer, holt die Bilder und seine Aufzeichnungen und breitet sie auf dem großen Tisch mit Blick in den Garten aus. Philip S. holt einen mitgebrachten Joint hervor, und wenn sie gemeinsam daran ziehen und tief inhalieren, tauchen sie in die Welt der Kabbala und der Tarot-Karten ein, deren Weisheit die Comicfigur Flabby Jack in dem Buch nicht versteht. Philip S. konnte damals nicht ahnen, dass zwei der Karten, in die sie sich im Marihuana-Dunst versenkten, eine geheime Botschaft für seine noch unbekannt vor ihm liegende Zukunft enthalten. »Konzentriere dich auf deine Begabung«, sagt das Bild des Weisen auf der einen Karte; »Lass dich nicht dazu bewegen, die Welt nicht zu sehen, wie sie ist«, sagt das Bild des Narren auf einer anderen. Als der Bildband schließlich veröffentlicht wird, ist Philip S. bereits dabei, seine Begabung für ein Leben im Untergrund hinzugeben, weil er die Welt nicht erträgt, wie sie ist.

Eines der vielen Gespräche in dem Haus, das er mein Elternhaus nennt, hat er in einem Film ohne Worte festgehalten. Da sitzen meine Mutter und ihr Mann, den ich gerne zum Vater gehabt hätte, am Tisch im Wohnzimmer, das auf den Garten hinausgeht. Hinter ihnen zwei kleine Stillleben in Goldrahmen. Die Terrassentür steht offen. Vielleicht führen sie das Gespräch fort, aus dem heraus er nach der Kamera gegriffen hat, oder sie reden über meinen kleinen Sohn, den sie vom Tisch aus sehen können, während er eine rote Schubkarre über die Wiese schiebt. Dass Philip S. später, auf seinen geheimen Wegen mit falschen Papieren, versucht war, an der bekannten Ausfahrt kurz nach Darmstadt abzubiegen und den Sandweg mit den Löchern entlangzufahren bis zu dem alten Zaun, über dem von einer Pergola herab eine Glocke hängt, an der er nur zu ziehen braucht, in der Gewissheit, willkommen zu sein, erfahre ich Jahre später von einer einstigen Weggefährtin. Aber er hat es nicht getan.

Im Garten dieses Hauses entstehen zwei Fotos von ihm, die ich erst lange Zeit nach seinem Tod wieder entdeckt habe. Sie zeigen ihn so, wie er in mein Leben gekommen war. Noch sind die Haare lang, um den Hals trägt er einen Seidenschal. Obwohl er die Augen gesenkt hat, füllt sein Gesicht den Rahmen des Bildes ganz aus. Aber ein weißer Streifen zieht sich über eines der beiden Bilder, als ob ihn jemand hätte ausstreichen wollen.

. . . . Der Schöneberger Hausbesitzer sitzt im
Parterre in einem engen, dunklen Büro mit Blick auf die
Mülltonnen, vor sich eine Schnapsflasche. Philip S. trinkt
mit ihm. Die Hand des Hausbesitzers zittert, als er seinen
Namenszug unter den Mietvertrag setzt. Danach zieht er
einen Kamelhaarmantel an und wankt durch den Hof. Ab
und zu stößt er an einen Pflasterstein, fängt sich kurz vor
dem Sturz, lässt das Eingangstor hinter sich ins Schloss fallen und verschwindet mit seinem Opel Kapitän Richtung
Lankwitz in ein menschenleeres Haus. Wenn er morgens
nüchtern in sein Büro kommt, glaubt er, nicht einen Mietvertrag, sondern einen Pakt mit dem Teufel geschlossen zu
haben. Im Lauf des Tages stimmen ihn die vielen kleinen
Gläschen aus der Flasche auf seinem Schreibtisch milder.
Dann schaut er sich den Fortschritt der Renovierungsar-
beiten an und schlägt uns auf die Schulter.

Im letzten Hinterhof haben wir die erste und zweite
Etage einer ehemaligen Manufaktur gemietet, die innen
mit einer Treppe verbunden sind. Über uns lebt eine Ma-
lerin mit zwei sehr kleinen Zwillingstöchtern und ihrem
Mann, der ebenfalls aus der Filmakademie herausgeflogen
ist. Unter uns betreibt ein Schlosser, dessen Lachen an
Anthony Quinn erinnert, zusammen mit einem Gehilfen
eine Werkstatt. Mit uns sind noch ein Taxifahrer und seine
Gefährtin eingezogen. Wir waren ihnen begegnet, als wir
im Spätsommer 1969 noch einmal nach Italien fuhren und

von Civitavecchia aus mit der Fähre nach Sardinien übersetzten. In einem Dorf mit kommunistischem Bürgermeister hatte der Taxifahrer sein Auto bei einer nächtlichen Kneipentour gegen ein Hindernis gefahren. Am nächsten Morgen stand der Renault 4 mit zwei eingedrückten Türen an einer Mauer, die mit revolutionären Parolen wie »Nieder mit …« und »Vorwärts« beschriftet war. Die Freundschaft zwischen Philip S. und dem Taxifahrer entstand, als sie einen abgepolsterten Baumstamm gemeinsam von innen gegen die Türen rammten und so die Beulen wieder herausdrückten. Ich suche von Anfang an die Nähe von M., der Gefährtin des Taxifahrers. Sie ist Übersetzerin, einige Jahre älter als ich, und ihre stille Strenge zieht mich an.

In den beiden Etagen gibt es kaum Zwischenwände. Im ersten Stock teilen wir eine große Küche ab. An einen riesigen Raum schließen sich zwei Zimmer an, eines davon wird das Kinderzimmer. Wir kommen schnell voran. Eine Dusche wird eingebaut, die Dielen werden abgezogen. Philip S. hat mit Otto und Ernst, den beiden Schlossern aus der Werkstatt, mehrere niedrige Rohrgestelle geschweißt, die sich beliebig aneinanderschieben lassen. Er hat Holzplatten auf die Gestelle geschraubt, ich habe Schaumstoffmatten mit Markisenstoff überzogen. Darauf schlafen wir, sitzen wir, diskutieren wir. Neben Zeichenböcken mit Türblättern sind es die wesentlichen Einrichtungsgegenstände. Die Nikon liegt jetzt in einem alten Stahlschrank mit Schubladen. In der Küche ein Tisch mit Thonetstühlen. Zwölf Menschen finden daran Platz. Sonst nur Regale, für Bücher, Geschirr und Kleider, Tische und zwei alte Ledersofas.

Auch in der oberen Etage ein einziger Raum mit einem kleinen abgetrennten Zimmer. Die Dielen verzogen und uneben. An Stricken ziehen wir riesige Platten durch die Fenster hinauf, um einen zweiten Fußboden einzubauen, der glatt ist und auf dem man mit einer Kamera hin- und herfahren kann. Den Boden besprühen wir mit silbernem Lack.

Philip S. hat eine Dunkelkammer für mich eingerichtet und einen gebrauchten Leitz-Vergrößerungsapparat gekauft, dessen Schärfe sich automatisch regelt. Ich fotografiere die beiden Etagen und vergrößere die Aufnahmen in meiner Kammer auf Dokumentenpapier. Auf den Bildern fällt das Licht durch die Fensterreihen, es fällt auf ihn, als er in dem großen Raum im zweiten Stock das Silber auf den Bodenplatten ausbessert. Es fällt auf meine Freundin C., die mit ihrer kleinen Tochter zu uns gezogen ist und in der grünen Samthose an einer Säule mitten im Raum lehnt. M. arbeitet an einer Übersetzung. Sie schaut von ihrer Arbeit hoch und zieht an einer Zigarette. Mein Sohn springt auf den Matratzen herum. Der Taxifahrer steht in der Küche und kocht. Wir alle warten, dass er uns zum Essen ruft. Im Hintergrund beugt sich H., der Autor des Films *Die Herstellung eines Molotow-Cocktails*, über einen Tisch. Die langen dunklen Haare fallen über sein Gesicht. Hinter ihm Regale mit Ordnern voller Zeitungsausschnitte. Er ist vorbeigekommen und geblieben.

Auf einem Foto bin auch ich zu sehen. Ich sitze auf einem der Ledersofas mit angezogenen Beinen. Neben mir an der Wand ein Plakat, auf dem Freiheit für einen anarchistischen Gefangenen gefordert wird. Über einer schwarzen Hose und einem schwarzen Pullover trage ich den Gürtel, den Kälbergurt. Vielleicht hat H. das Bild gemacht. Er hat ein paar Wörter darauf hinterlassen, eine inzwischen fast verblasste Botschaft aus anderen Zeiten. »Liebe Ulrike«, schreibt er im Januar 1970 auf den Abzug, ... »ratlos im Haus, was tun? Aber die Revolution schreitet voran.«

XV ....

.... Das Licht fällt in den ersten Januarta-
gen durch die langen Fensterreihen auch auf mein Bett.
Nachts bin ich mit Übelkeit, Brechreiz und stechenden
Kopfschmerzen aufgewacht. Alles verlangsamt sich. Ich
bin müde und schaue auf die Bewegung um mich herum.
Sechs Erwachsene und zwei Kinder. Wir teilen das Geld,
die Hausarbeit und die Verantwortung. Jeden Tag steht
ein anderer mit den Kindern auf, macht ihnen das Frühstück, bringt sie in den Kinderladen, holt sie nachmittags
ab, kauft ein, kocht, bringt sie ins Bett, liest ihnen etwas
vor und bleibt zu Hause. Abends essen wir alle zusammen.
Was wir ausgeben, wird in ein Heft geschrieben. Was jeder
einbringt, ist unterschiedlich. Es setzt sich aus Stipendien
zusammen, Einkünften durch Taxifahren, Übersetzungen
und Sprachunterricht. Alles wird in eine Kasse gelegt. Jeder nimmt sich die gleiche Summe als Taschengeld. Unser
Leben ist billig und nicht von Geldsorgen belastet. Wir haben, was wir brauchen, und auch das, was wir gerne hätten.
In manchen Augenblicken, wenn mein Kind vorbeirennt
und ich auf dem Bett liege und warte, dass die Hepatitis
ausheilt, fühle ich mich aufgehoben – ein Zustand vollkommener Geborgenheit. Die Wohnung an den Bahngleisen ist eine bereits so weit zurückliegende Erinnerung,
dass ich mir das Leben als kleine Familie schon nicht mehr
vorstellen kann. Von meinem Bett aus sehe ich die wenigen Lieblingsgegenstände, die ich von dort mitgenommen

habe. Das goldene Sofa, eine alte Porzellanlampe, deren Schirm von drei Tänzerinnen getragen wird, einen Jugendstilsessel, meine Bücher, meine Kleider, meine Nähmaschine und einen großen Spiegel.

Philip S. hat in seinem Leben noch kein Möbelstück angeschafft, keinen Stuhl, keinen Teller, keine Tasse. Seine Schreibmaschine hat er auf eine Tischplatte gestellt, sein schwarzer Mantel, sein Anzug, seine Hemden, die Fliegerjacke, die Khakihose und die für die Demonstration am Tegeler Weg angeschaffte Militärjacke hängen an einer Kleiderstange. Er hat geplant, organisiert, gesägt, geschraubt, gezimmert und gestrichen, als wolle er eine Existenz aufbauen. Aber er hat nur Räume vorbereitet, in denen er sich aufhalten kann. Er richtet sich nicht ein. Er liegt neben mir in dem großen Bett, das er gebaut hat. Er schmiegt sich an mich, als wären wir eine Person. Er dreht sich um, wenn ich mich umdrehe. Wenn ich in der Nacht aufstehe, bleibt sein Arm an der gleichen Stelle liegen, und ich lege mich wieder hinein. Er wohnt an dem Platz an meiner Seite. Nirgendwo sonst in den beiden weiträumigen Etagen.

Mehr als ein Jahr nach dem Rauswurf hat das Gericht entschieden, dass die achtzehn Studenten wieder an der Akademie studieren können. Die Direktoren aber verweigern den Aufwieglern die Rückkehr. Als Entschädigung bieten sie ihnen die Summe an, die jedem für einen Abschlussfilm zugestanden hätte. Manche verbrauchen das Geld fürs Leben, andere gehen ein Jahr auf Reisen, nach Indien oder sonst wohin.

Philip S. kauft von dem Geld eine Videoanlage. Auf der Messe in Hannover tauchen die ersten halbprofessionellen magnetischen Aufzeichnungsgeräte auf. Wir stehen fasziniert vor einer kleinen Kamera und sehen uns selbst auf einem Bildschirm. Der Film sieht wie ein breites Tonband aus und ist beliebig überspielbar. Mit der neuen elektronischen Technik kann man, ohne Zeitverlust durch das Kopierwerk, Filme herstellen und auf einem Monitor wiedergeben. Im Ford-Transit-Bus reisen wir in eine westdeutsche Kleinstadt, fahren durch Neubausiedlungen mit Panoramascheiben, wo riesige Farbfernseher Vorabendserien auf Sitzgruppen aus braunem Cordsamt ausstrahlen, und landen im Hobbykeller eines Erfinders und Generalvertreters für die japanische Firma, die die Videoanlagen herstellt. Wir haben aufgeschrieben, was wir uns vorstellen. Wir wollen Programme aus dem Fernsehen überspielen und brauchen Verbindungskabel zwischen dem Videorecorder und dem Fernseher. Wir wollen die Programme kommentieren und brauchen die Verbindung zu einem Revox-Tonband, das Philip S. angeschafft hat. Wir würden auch gerne eine Verbindung zwischen Videorecorder und einem Filmprojektor herstellen, um Filme auf Video kopieren zu können. Aber die technische Entwicklung steckt in den Anfängen, und die Laufgeschwindigkeit beider Systeme ist unterschiedlich. Philip S. und der Erfinder lassen den Motor des Projektors an ihren Händen entlangschleifen und versuchen so die Geschwindigkeit zu drosseln, um sie in Gleichklang mit dem Videorecorder zu bringen. Stets aber zieht sich ein Strich auf dem Monitor durchs Bild, und es will nicht gelingen. Wir verbringen die Nacht zwischen Kabeln, Steckern und Lötkolben. Am nächsten Tag kehren wir mit dem Bus voller Geräte zurück. Sie werden in die obere Etage transportiert. Philip S. schließt sie Stück für Stück aneinander an und richtet das Studio ein.

Die frühen Filme von Dziga Vertov bringen ihn auf die

Idee, ein Studio für Gegenöffentlichkeit aufzubauen. Dziga Vertov hatte in den ersten Jahren nach der russischen Revolution mit einer von ihm entwickelten Montagetechnik eine Art Wochenschau zur Agitation der Landbevölkerung hergestellt. Er hatte gefilmt, wie ein Dorf an den elektrischen Strom angeschlossen wird und in allen Häusern das Licht angeht. Dann war er mit dem Film von Dorf zu Dorf gefahren und hatte den Fortschritt vorgeführt.

Für Philip S. öffnet sich eine Welt, die er nicht kennt. Sie ist nicht mehr wie beim Taxifahren nur ein nächtlicher Ausflug. Wir leben jetzt in einem Viertel mit vielen ausländischen Bewohnern. Ihre Wohnungen sind feucht, die Heizungen reichen in dem kalten Berliner Winter nicht aus, die Fensterrahmen sind verzogen und schließen schlecht. Unsere Nachbarn verstehen nicht, was in ihren Mietverträgen steht. Sie wissen nicht, dass sie Rechte haben. Wir organisieren gemeinsam mit einem Mietanwalt eine Versammlung der Bewohner, um herauszufinden, ob die Mieten gekürzt werden können, weil sie wegen des Zustands der Wohnungen nicht zu rechtfertigen sind. Die Versammlung wird mit der neuen Videokamera aufgezeichnet und soll in einem Stadtteilladen gezeigt werden. Philip S. plant auch eine Gegen-Abendschau, die auf Berichte der Berliner Abendschau mit einer anderen Sicht der Dinge reagiert. Er stellt sich einen Monitor in einem Schaufenster mit regelmäßigen Programmen vor und sieht bereits eine Traube von Menschen, die stehenbleiben und in das Schaufenster schauen. Er ist der erste, der in Berlin mit einer halb professionellen Videoanlage arbeitet. Studenten von der Akademie kommen, die von den Möglichkeiten der tragbaren, elektronischen Kamera gehört haben, und Philip S. kehrt als Lehrer an die Schule zurück. Er gründet das »Institut für Videografie« mit offiziellem Briefkopf. Die Studenten leihen sich die Geräte aus und arbeiten damit. Die Akademie bezahlt die Leihgebühr, und davon leben wir.

Unsere obere Etage ist jetzt ständig voller Leute. An langen Tischen stellen sie eine Zeitung her, die häufig ihre Herausgeber wechselt, weil sie wegen der aggressiven, gegen die Vereinigten Staaten und den Vietnamkrieg gerichteten Artikel immer wieder verboten wird. Die einzelnen Nummern werden geplant, geschrieben, diskutiert, gestaltet, geklebt, in Umschläge gesteckt, die wir alle auf Vorrat adressieren und an Abonnenten verschicken. Nach Wochen der Müdigkeit bin ich wieder gesund. Es ist Frühling geworden.

XVI ··

············ Die Amerikaner sind in Kambodscha ein-
marschiert. Am Montag, dem vierten März 1970, werden
in Kent, im Bundesstaat Ohio, während einer Protestde-
monstration vier Studenten von der Nationalgarde erschossen. Die Nachricht spricht sich am späten Abend herum.
Schnell finden sich jene in einem spontanen Aufbruch zusammen, die etwas tun wollen, darunter auch ich. In den
Taschen haben wir Pflastersteine. Auf der Grünfläche vor
dem Amerikahaus stehen zwei Polizisten mit Maschinenpistolen. In dem Augenblick, als eine Autoschlange vor
dem Amerikahaus vorfährt, hören die beiden Polizisten
von der unbewachten Rückseite des flachen Gebäudes her
Fensterscheiben klirren; während sie fester nach ihren Maschinenpistolen greifen und zur hinteren Seite des Hauses
stürmen, werden, wie am nächsten Tag in der Zeitung zu
lesen ist, bei laufenden Motoren die Türen von sechs bis
acht Autos aufgerissen. Dunkle Gestalten springen heraus,
in den Händen Pflastersteine und Brandflaschen. Mein
Stein landet in einer Hecke. H., der Autor des Films über
die Herstellung eines Molotow-Cocktails, holt mit seiner
Brandflasche zu weit nach hinten aus, so dass seine Jacke
Feuer fängt, beinahe auch sein Haar. Ich schreie laut auf.
Die Flasche entgleitet ihm und fällt mit dumpfem Auf-
schlag in die nasse Rasenfläche vor dem Amerikahaus. Als
die Polizisten wieder vor dem Gebäude auftauchen, ist die
Schlange verschwunden. Nur ein kleiner grauer Citroën,

heißt es am nächsten Tag in der Zeitung, sei mit stotterndem Motor so langsam um die Ecke gebogen, dass ein Polizist zwei Ziffern der Autonummer habe erkennen können. Und während bereits die Fahndung eingesetzt hat, fährt der Citroën unbehelligt durch das leere Berlin.

Ich weiß nicht, warum ich plötzlich aussteigen muss. Ich weiß nur, dass ich sofort nach Hause will, zu meinem Sohn und zu Philip S., der auf mich wartet. Die anderen wollen nur noch ein Stück weiterfahren, um einen sechzehnjährigen geflohenen Heimzögling in eine Wohnung zu bringen, wo er schlafen kann. Die kurze Strecke könnte ich noch mitfahren. Aber ich halte es keine Minute länger aus. Ich muss raus, es ist mir plötzlich zu eng im Auto, ich fühle mich wie in einem Käfig. Ich kann nicht zurückholen, was mir durch den Kopf gegangen ist, während ich die Straße entlanglaufe, die in gerader Linie auf das Tor unseres Hauses zuführt. Der »Anschlag«, wie es in der Zeitung heißen wird, schrumpft unter meinen Schritten zu einem Nichts. Es ist etwas anderes, es sich vorzustellen, als es zu tun. Zurück bleibt die Leere. Alle Versuche, Jahre später etwas auf einen Begriff zu bringen, was in der Stimmung eines Augenblicks entstanden ist, führen zu falschen Worten und falschen Sätzen. Sie bleiben Rechtfertigungen, zu moralisch oder zu leicht genommen. Mir ist kalt auf dem Weg durch die Nacht, und ich will nur noch in die Wärme jenseits des Tors zurück, das schwer hinter mir ins Schloss fällt.

Im Durchgang zum zweiten Hof bleibe ich einen Moment lang stehen. Hinter der erleuchteten Fensterfront sehe ich Philip S., der in der Küche hin und her geht. Er hat sich an diesem Tag um den Haushalt gekümmert und meinen Sohn ins Bett gebracht, er hat ihm vorgelesen und räumt gerade die Küche auf. Er trägt das Geschirr vom Tisch ins Spülbecken. Ab und zu schaut er durchs Fenster in die Dunkelheit hinaus. Er wartet. Jetzt hat er Schritte gehört, kann aber nichts erkennen. Er ist unruhig. Er setzt sich wieder hin und beugt sich über ein Kofferradio. Mit der einen Hand bewegt er die Antenne hin und her. An der konzentrierten Art, wie er der Bewegung mit dem rechten Ohr folgt, kann ich erkennen, dass er die Frequenz für den Polizeifunk sucht. Als ich die Treppe hochsteige, weiß er schon, was ich noch nicht weiß. Er hat die Fahndung von Anfang an mit verfolgt. Der kleine graue Citroën ist inzwischen von einer Polizeistreife angehalten worden. Dass ich zwei, drei Minuten zuvor ausgestiegen bin, weiß er nicht.

Unsere Freunde kommen in dieser Nacht nicht mehr nach Hause. Es wird ein Jahr dauern, bis wir sie wiedersehen.

Im Morgengrauen zieht sich Philip S. eilig etwas über und öffnet die Eisentür, bevor die Polizei sie mit Äxten aus den Angeln schlagen wird. Ich bin ins Kinderzimmer gegangen und lege mich zu meinem Sohn, der weiterschläft. Ich schließe die Augen, will es nicht sehen und nicht hören, wie sie Regale und Schränke durchwühlen. Noch sind sie ohne Maschinenpistolen gekommen. Sie haben einen Hausdurchsuchungsbefehl wegen vorsätzlicher Brandstiftung und suchen nach Beweisen. Aber sie finden nichts, was sie im Durchsuchungsprotokoll unter der Rubrik »Sicherstellung beschlagnahmter Gegenstände« eintragen könnten. Am nächsten Tag jedoch ist in der Zeitung von aufgefundenen Drogen und Benzinkanistern die Rede.

Der Hausbesitzer wirft die Kündigung in den Briefkasten, nachdem er die Bildzeitung mit den Fotos der Verhafteten gesehen hat. Er nimmt sie zurück, nachdem Philip S. mit ihm in seinem Büro mehrere Gläser Korn getrunken hat. Wir hoffen auf die erste Haftprüfung am nächsten Tag, auf die zweite in zwei Wochen, auf die dritte nach einem Monat. Dann werden die Abstände länger. Wir stellen Besuchsanträge, zahlen Geld ein, damit sich unsere Freunde im Gefängnis etwas kaufen können, bringen Kleider und Bücher, eine Schreibmaschine. Zu Hause gehen wir durch die leeren Räume. Ich sehe ihre Dinge, die sie haben herumliegen lassen, als wären sie nur kurz weggegangen. Auf einem Schreibtisch französische Texte, die noch nicht fertig übersetzt sind, auf einem anderen Abrechnungen von Taxifahrten. Wir sind jetzt nur noch drei Erwachsene. H. hat sich in der oberen Etage in dem kleinen Raum, der an das Studio grenzt, eingerichtet. Meine Freundin C. ist schon vorher mit ihrer kleinen Tochter weitergezogen, unterwegs zu Neuem, weil ihr unruhiger Geist die Orte, an denen sie sich niederlässt, schnell verbraucht. Sie fährt nicht mehr in die Palästinenserlager nach Jordanien. Sie verbringt Monate in Indien und bringt mir von dort einen silbernen Halsschmuck mit. Fünf Jahre später gerät ihr Leben zwischen politischer Radikalität und bewusstseinserweiternden Drogen völlig aus der Balance. Obwohl ich damals nicht mehr in Berlin lebte, hatte ich sie kurz zuvor besucht und auch diesmal nicht gespürt, dass sie noch einmal all ihre verschiedenen Gesichter strahlen ließ, um zu verbergen, wie nah sie am Abgrund stand. Im Winter 1975, einige Monate nach dem Tod von H. und einige Monate vor dem Tod von Philip S., bringt sie ihre Tochter zur Großmutter. Dann, hörte ich, habe sie ihr schönstes

Kleid angezogen und sich im Grunewald zum Sterben in den Schnee gelegt.

Am vierzehnten Mai kommt die Polizei wieder. Sie kommt mittags, und ich bin froh, dass mein Sohn im Kinderladen ist. Sie suchen einen entflohenen Häftling, der vor zwei Jahren mit anderen im Protest gegen den Vietnamkrieg in einem Frankfurter Kaufhaus Feuer gelegt hatte. Mit Hilfe einer bekannten Journalistin, die vorgab, mit ihm an einem Buch arbeiten zu wollen, wurde er mit Waffengewalt aus einer Bibliothek befreit. Die Polizisten kommen mit gezogenen Pistolen. Einer hält H. die Waffe an die Schläfe, als er zum Telefon greifen will, um einen Anwalt anzurufen.

Am siebzehnten Mai kommen sie am späten Sonntagvormittag, wieder mit gezogenen Pistolen, weil sie nun nach der bekannten Journalistin suchen, die meinen Vornamen trägt und mit dem Häftling durch das Fenster der Bibliothek geflohen war. »Flüchtige Rechtsbrecher« heißt es auf dem Durchsuchungsbefehl. Sie reißen die Ordner des Zeitungsarchivs aus den Regalen; wie aufflatternde Vögel fliegen sie unter den Händen der Polizisten durch die Luft und landen auf dem Boden. Wieder finden sie nichts, was sie beschlagnahmen könnten. Mein Sohn nimmt eine kleine Armbrust und pflanzt Pfeile mit Gummisaugpfropfen um die riesigen Füße eines unbeweglich im Raum stehenden Polizisten, der es geschehen lässt. Philip S. schweißt mit Hilfe von Otto und Ernst aus der Schlosserwerkstatt einen Riegel an unsere Eingangstür, der nachts vorgeschoben wird, damit wir uns noch anziehen können, bevor die Tür das nächste Mal aufgebrochen wird.

Am zehnten Juli kommen sie im Morgengrauen, weil in München zwei nicht funktionierende Brandsätze in einem

Gerichtsgebäude gefunden worden sind. Diesmal beschlagnahmen sie zwei handgeschriebene Briefbögen, auf denen »Holt die Menschen raus« und »Wir wollen mehr Information« zu lesen ist. Sie beschlagnahmen auch das Plakat, auf dem die Freiheit eines verhafteten Anarchisten gefordert wird, das immer noch im oberen Stock an der Wand hängt.

Am vierzehnten August kommen sie gegen Mittag. Sie kommen wegen H. Er hatte am Abend zuvor sein Auto verliehen. Noch in der Nacht wurde aus diesem Auto eine sogenannte Rohrbombe unter ein Polizeiauto geworfen. Er war in der Nacht gewarnt worden. Als sein Bild am nächsten Tag im Fernsehen erscheint, stellt er sich der Polizei. Das Foto erscheint auch in der Bildzeitung. Wieder kündigt der Hausbesitzer, als er es zu Gesicht bekommt. Wieder verbringt Philip S. Stunden mit ihm in seinem dunklen Büro, starrt mit ihm gemeinsam auf die allmählich verschwimmenden Mülltonnen vor dem Fenster, bis sie Brüderschaft trinken und er die Kündigung wieder zurücknimmt. Dann räumen wir auf.

XVII . . . .

. . . . Philip S. und ich sind jetzt allein. Wir stellen hier etwas an seinen Platz zurück und dort. Dann gehen wir zum Anwalt, um zu bezeugen, dass wir zu dem Zeitpunkt, als die Rohrbombe unter das Polizeiauto flog, mit H. in der oberen Etage am Layout für die nächste Nummer der Zeitung gearbeitet haben, nicht ahnend, dass uns dieses Alibi selbst ins Gefängnis bringen würde. Wir hatten Artikel über Vietnam, den amerikanischen Imperialismus und die Black Panther Bewegung zusammengestellt und grelle Comics, in denen sich das Wort ›Pig‹ häuft, dazwischengeklebt.

Ich bin froh, dass mein Sohn das, was jetzt geschieht, nicht mit ansehen muss. Er ist mit seinem besten Freund und der Familie in die Ferien gefahren, eine längere Reise mit dem Zelt, für die wir einen Schlafsack angeschafft haben, eine Matte, einen kleinen Rucksack für Wanderungen, Wanderschuhe, ein Taschenmesser, eine Taschenlampe. Lange haben wir gemeinsam überlegt, ob er das Überbleibsel einer gestrickten Decke, die ihn von seiner Geburt an warmgehalten hat, ob er dieses ausgefranste Restchen, das er beim Einschlafen zwischen Zeigefinger und Ringfinger hält und damit sanft über sein geschlossenes Augenlid streicht, mit auf die Reise nehmen sollte. Er entscheidet sich dagegen und nimmt mein Lieblings-T-Shirt mit, in dem der Geruch von Arpège hängt. Er hält es noch in der Hand, als er bereits hinten neben seinem Freund im Auto sitzt. Aber im letzten Moment, als die Türen geschlossen sind, nimmt er all seinen Mut zusammen und gibt es mir durch das wieder heruntergekurbelte Fenster zurück. Dann fahren sie los. Philip S. und ich bleiben an der Ecke stehen und schauen der kleinen winkenden Hand nach, bis das Auto an der nächsten Kreuzung in südliche Richtung abbiegt.

Am zwanzigsten August gehen wir morgens aus dem Haus. Als wir mittags zurückkommen, hören wir am Eingangstor von den Hausbewohnern, mindestens dreißig Polizisten seien in das Hinterhaus gestürmt. Wir finden die beiden Etagen verwüstet vor. Die Videogeräte sind gerade verliehen und deshalb von dem fettigen schwarzen Pulver verschont geblieben, das über das gesamte Studio verteilt ist, um Fingerabdrücke zu nehmen. Wir überlegen, ob wir verschwinden sollen, unterschlüpfen bei Freunden und abwarten, bis sich die Dinge geklärt haben. Aber wir sind gelähmt und bleiben, obwohl wir spüren, dass sich etwas um uns herum zusammenzieht.

In meiner Erinnerung ist diese Nacht die letzte, die wir in den schönen klaren Räumen der Fabriketage miteinander verbracht haben, obwohl es nicht so war. Wir liegen in der Mitte des Betts, so eng aneinander wie danach nie mehr, als ob wir uns gegenseitig festhalten wollten. Als wir um fünf Uhr morgens die Schläge an der Tür hören, lösen wir uns schweigend voneinander. Stumm ziehe ich mich unter den Augen einer Polizistin an: Hose, Hemd und Jacke, alles aus schwarzem Samt. Es ist Hochsommer, und ich greife nach den Winterstiefeln. Ich packe Hautcreme, Zahnbürste, Parfüm und Wäsche ein. Ich weiß nicht, welche Bücher ich mitnehmen soll, und stecke deshalb gar keines ein. Ich nehme nichts mehr wahr, auch nicht, ob Philip S. überhaupt etwas einpackt.

Die Leute im Haus schlafen noch, als wir durch den Hof geführt werden. Im Polizeibus, der uns drei Straßen weiter ins Polizeigefängnis an der Gothaer Straße bringt, sitzt Philip S. mir gegenüber auf der Bank. Er hat eine Jeansjacke an und nimmt meine Hände in seine. Aus den Ärmeln schauen die Handschellen hervor. »Du musst keine Angst haben«, sagt er leise, »sie wollen uns nur einschüchtern.« Ich erinnere mich noch heute, dass mir das Wort »einschüchtern« zu hoch gegriffen vorkam, so als ob wir etwas Großes zu verbergen hätten, eine historische Tat, und in diesem Augenblick dachte ich darüber nach, dass solche Wörter für ihn von Bedeutung sind, dass er sie braucht und sich an ihnen festhält. Das andere aber, was er sagt, beruhigt mich und gibt mir Zuversicht und Schutz, wie er es immer vermocht hat. Dann werden wir weggeführt, in den Keller, er in eine Zelle, ich in eine andere, weit voneinander entfernt.

XVIII ···

············· Es ist der Stein, geht mir in der Zelle durch den Kopf, der Stein, der fürs Amerikahaus gedacht war und doch nur in die Hecke davor gefallen ist. Oder es sind die Scheiben des Senatsgebäudes, denke ich. Oder das Wort »Arbeitermacht« in rotem Lack auf dem weißen Amischlitten. Oder es ist der dunkelgrüne Wildledermantel, den ich meiner Freundin C. geliehen hatte und dann wieder selber trug, ohne zu wissen, dass sie den Mantel auf geheimen Wegen zu ihren gefährlichen Taten benutzt hatte. Oder es ist die Untergrundzeitung, deren Layout noch unfertig in der oberen Etage auf den Tischen liegt und auch diesmal wieder verboten werden wird, weil sie den amerikanischen Präsidenten als Verbrecher und Mörder bezeichnet und die in Berlin stationierten Soldaten zur Befehlsverweigerung aufruft.

Philip S. und ich werden getrennt in die Polizeistation am Tempelhofer Damm gebracht. Meine Finger werden einzeln in eine braune Masse gedrückt, gedreht, nach allen Seiten gewendet. Wie beim Schreibenlernen führt mir ein Polizist die Hand. Feine Muster bleiben auf einer Platte zurück, Muster, die mich überführen sollen. In den Gängen riecht es nach Kaffee.

Der Richter stutzt, als er mein Aufatmen bei der Verlesung des Haftbefehls bemerkt. Es ist nicht die Sachbeschädigung, nicht die Brandstiftung, nicht mein Wildledermantel, es sind nicht die Aufrufe zur Gewalt gegen die

Alliierte Kommandantur in Berlin und die Beleidigungen des amerikanischen Präsidenten. Es ist etwas, mit dem Philip S. und ich ganz und gar nichts zu tun haben. Es ist die Rohrbombe, die in der Nacht zum vierzehnten August vor einem Polizeirevier aus dem Auto, das H. kurz zuvor gekauft hatte, unter einen Streifenwagen geflogen war. Aus purem Zufall wurde niemand von den umherfliegenden Splittern verletzt. Philip S. und ich sind wegen Mordversuchs an einem Polizisten und wegen Sprengstoffvergehens verhaftet worden. Dazu kommen zwei weitere Bombenanschläge, einer auf das Gebäude, in dem gerade der Haftbefehl verlesen wird, und ein anderer auf einen amerikanischen Personenwagen. Die Bomben, davon geht die Polizei aus, sollen von uns in der Werkstatt unter unserer Wohnung hergestellt worden sein.

Wieder werde ich durch die Stadt gefahren. Im Gefangenenbus sitze ich in einer Art Schrank mit Sehschlitz. Es ist immer noch Morgen. Von dem langsam erwachenden Leben in den Straßen bin ich unwiederbringlich entfernt. Der Bus fährt die Kantstraße entlang, überquert die Windscheidstraße, wo mein Bruder wohnt, und hält vor einem Haus mit Gründerzeitfassade, hinter dem sich das Frauengefängnis verbirgt. Vor drei Monaten habe ich eine Kiste mit Büchern für die Bibliothek hierhergebracht. Die Direktorin hatte mich empfangen. Sie hatte sich beklagt, dass sie kein Geld für Bücher habe, und sie hatte sich bedankt. Der Bus fährt mich ins Innere des Gefängnisses: drei gepflasterte Höfe, umgeben von Zellentrakten und hohen Mauern aus dunkelrotem Backstein. Die Höfe ziehen sich bis zu einer efeuüberwachsenen Wand an der Pestalozzistraße, jeder mit schweren Eisentüren verschlossen. Im ersten Hof steige ich aus dem Bus und werde an einer Theke in Empfang genommen. Daneben die Asservatenkammer. Blassgrüne Wände überall, abwaschbar. In der Asservatenkammer lege ich meine Habe auf den Tisch. Eine Wärterin rührt mit einer Stricknadel in der Dose mit Hautcreme von Helena Rubinstein herum. Als sie keine Feile und auch keinen Gegenstand darin findet, mit dem ich mich umbringen könnte, darf ich sie behalten. Auch das Parfüm. Sie bringt mich in den Keller. Ich dusche und wasche die Haare mit Entlausungsmittel. Neben mir duscht ein junges Mädchen. Die Wärterin schaut zu. Es ist ein Gefängnis für Mädchen, die auf den Strich gehen. Die Direktorin ist bestürzt, mich hier wiederzusehen.

Die Zelle ist kalt und schmal. Wenn ich meine Arme ausstrecke, berühre ich zu beiden Seiten die Wände. An der Tür die Hausordnung. Es ist verboten, aus dem Fenster zu schauen, das unerreichbar hoch mit einem schrägen Sims wie ein Lichtschacht in die Stirnwand der Zelle eingelassen ist. Es ist verboten, durchs Fenster zu rufen oder zu winken. Es ist verboten, tagsüber auf dem Bett zu liegen oder darauf zu sitzen. Ich habe kein Buch. Ich könnte mir meine eigenen Bücher ausleihen, aber sie sind inzwischen eingeordnet, und die Bibliothek hat nur mittwochs geöffnet. Heute ist Freitag. Der Tag ist zu lang, zu leer, und die Gedanken quälen. Ich falte Tupfer für die Krankenstation. Ich falte ein Dreieck aus Gaze, mehrmals hintereinander. Die fertigen Tupfer lege ich in einen Kasten. Er ist bald voll. Die immer gleichen Handbewegungen beruhigen mich. Unter der Gleichförmigkeit dieser Verrichtungen bäumt sich mein Gefühl weniger auf, wenn ich an mein Kind denke und an meine Mutter, die klein, zart und krank geworden ist.

Als die Nacht kommt, krieche ich unter die blauweiß karierte Bettdecke, ich friere. Die nächste Haftprüfung ist in einer Woche angesetzt. Noch habe ich Zeit. Mein Sohn wird erst in drei Wochen zurückkommen. Ich stelle ihn mir mit seinem Freund im Zelt vor und versuche einzuschlafen.

Am nächsten Mittag höre ich eine Frauenstimme, die vom Hof aus meinen Namen ruft. Ich schiebe den Tisch an den Lichtschacht, stelle einen Stuhl auf den Tisch und erkenne eine schlanke Gestalt mit feinen blonden Haaren, die tief unten im Hof ihre Runden dreht. Ich kann mir nicht erklären, wie sie so schnell von meiner Anwesenheit erfahren hat. Sie winkt mir zu, möchte mir auf irgendeine Weise eine Zigarette zukommen lassen, versteckt die Zigarette in der Efeuwand. Dann fasst sie sich an die Stirn und erinnert sich, dass ich aufgehört habe zu rauchen. Ich kann mich nicht erinnern, warum sie damals im Gefängnis war. Sie war wie meine Freundin C. ebenfalls in Jordanien in einem Palästinenserlager gewesen und hatte dort bei der medizinischen Versorgung geholfen. Nach ihrer Rückkehr bewegte sie sich in Kreisen, die mit dem Aufbau geheimer Gruppen nach südamerikanischem Vorbild beschäftigt waren und, stets verdächtig, immer Anlass zu Verhaftungen gaben. Auch sie hatte sich, wie meine Freundin C., für Aktionen Kleidungsstücke bei mir ausgeliehen. Sie nahm etwas mit, was zu dem Anlass passte, verschwand, tauchte wieder auf, gab es zurück und verschwand wieder. Als ich sie das letzte Mal sah, hatte sie Worte gesagt, die Philip S. bald sagen würde: Dass man bereit sein müsse, sich von seinen eigenen Kindern zu trennen, wenn man eine bessere Welt für alle schaffen wolle. Sie wird sich an ihren eigenen Anspruch halten, den Sohn bei ihren Eltern zurücklassen und ihren

Weg weitergehen, der sie zwischen längeren oder kürzeren Gefängnisaufenthalten wieder in den Nahen Osten führt, wo sie Jahre später bei einem israelischen Luftangriff auf ein palästinensisches Flüchtlingslager im Libanon getötet wird. Am nächsten Tag erscheint sie nicht mehr im Hof. Weil sie nach mir gerufen hat, wird sie an einen anderen Ort gebracht. Ich komme ins Untersuchungsgefängnis Moabit, weil ich ihr mit einer Handbewegung geantwortet habe.

Die Zelle liegt in einem Turm. Der Turm ist an das alte Gefängnis angebaut. Gegenüber die Zelle von M. Leise und gleichmäßig dringen die Anschläge ihrer Schreibmaschine durch die Wand. Dann wieder Stille. Ich versuche mir vorzustellen, was sie in der Stille tut. Vielleicht strickt sie. Vorige Woche hatte ich ihr Wolle besorgt. Ich rufe nicht. Unsere Fenster liegen nicht nebeneinander. Ihres geht auf die Straße hinaus. Meines zum Hof und auf einen Kirchturm. Ich verstumme im Eingeschlossensein. Es erschreckt mich, meine Stimme zu hören. Nur einmal begegne ich ihr, als sie von der Freistunde zurückkommt und ich in den Hof gebracht werde. Bevor wir uns in die Arme fallen können, werden wir auseinandergerissen. Die Zelle ist größer als die in der Kantstraße, aber genauso kalt, obwohl draußen Sommer ist. Durch das Fenster fällt mehr Licht. Auf den Zehenspitzen kann ich rausschauen. Manchmal sehe ich M. von hoch oben. Sie geht wie ich alleine, immer im Kreis, eine halbe Stunde lang. Wir sind die einzigen Frauen, abgesondert von den Männern, die in ihre Zellen eingeschlossen bleiben, wenn wir durch die Gänge geführt werden. Hinter einer der zahllosen Türen Philip S. Aber ich sehe ihn kein einziges Mal. Hin und wieder erreicht mich sein Gruß über einen Anwalt, sonst nichts. Ich höre, dass er einen Hungerstreik begonnen hat, dass er in der Freistunde Gefangene aufgewiegelt und mit Fesseln zwei Tage in der Arrestzelle verbracht hat. Hier, in diesen Mauern, lebt er ein anderes Leben als ich, ein Männerleben. Er erprobt eine Rolle. Sucht die Konfrontation. Will erfahren, wie weit er gehen kann. Ich bin woanders. Ich gehe nach innen, will es überstehen, wie auch immer es ausgeht. Meine Gedanken reichen nur bis zu meinem kleinen Sohn. Nicht weiter. Einzig darauf konzentriert, wieder draußen zu sein, bevor er aus den Ferien zurückkommt, fliehe ich in Tagträume, Fluchtträume, stundenlang. Aber alle Fluchtträume enden irgendwann in dem trostlosen Leben danach, dem Versteckspiel in fremden Wohnungen mit falschen Papieren, der ewigen Angst vor Entdeckung und den Lügen, die ich meinem Kind würde erzählen müssen.

XIX ....

.... Der Richter lässt mich nicht frei. Es ist der sechsundzwanzigste August. Die Abstände werden jetzt größer. Zwei Wochen bis zur nächsten Haftprüfung. Ich schreibe Briefe, mache Pläne, wo mein Kind bleiben könnte, wenn man mich auch dann nicht freilässt. Es sind zu viele Briefe und sie sind zu lang. Ich muss mich kürzer fassen und deutlicher schreiben, sagt die Gefängnisleitung, die jedes Wort kontrolliert. Ich muss mich auf Dauer einrichten, die Stunden strukturieren, festhalten, was am Tag geschieht, notieren, was ich sehe, wenn ich meinen Kopf zum Fenster hochrecke, ich muss versuchen, beim Anblick des regennassen Daches einer Kirche im Fensterausschnitt nicht an die Verse von Verlaine zu denken, die mir dennoch nicht aus dem Kopf gehen wollen, Verse, die er im Gefängnis geschrieben hat, voll Reue und Klage über seine vergeudete Jugend. Vielleicht sollte ich Spanisch lernen und Gymnastik machen. Alles nach Plan. Kein Leerlauf, nicht die Zeit totschlagen. Die Zeit nutzen. Nicht warten. Keine Verzweiflung. Manchmal steigt der Gedanke an Verrat in mir auf. Ich weiß, wer das Auto in der Nacht des vierzehnten August bei uns ausgeliehen hat. Der Schlüssel hing griffbereit neben der Eingangstür. Aber wie werde ich weiterleben können, als Verräterin und von allen gemieden?

Freundinnen haben in meinem Schrank Kleider ausgesucht und geben sie an der Pforte ab. Die Wärterin zieht eine durchsichtige Chiffonbluse aus der Tüte, einen langen Samtrock, ein Hemd, in das eine heimliche Botschaft eingestickt ist, die sie übersehen hat, und einen weißen Fuchs. Außer dem Hemd mit der Botschaft kann ich hier nichts davon anziehen. Nur den Fuchs lege ich eingerollt mit der Schnauze am Schwanz auf mein Kopfkissen und schlafe darauf ein.

Am vierten September, berichtet mein Anwalt, wird aus unserer Eingangstür, an der Stelle, wo Philip S. den Riegel angeschweißt hatte, ein Stück herausgeschnitten und durch ein anderes ersetzt. Schweißnähte, sagt er, seien lesbar wie Handschriften. Die herausgetrennte Naht wird untersucht, ob sie von der gleichen Hand stammt wie die an den Bomben, die man uns zur Last legt. In der Werkstatt unter unserer Wohnung stellen Otto und Ernst unter polizeilicher Aufsicht zwölf Rohrbomben her. Die Bomben werden auf einem Detonationsplatz zur Explosion gebracht. Ihre Sprengkraft soll mit der Bombe unter dem Polizeiauto verglichen werden.

Am fünften September höre ich im Radio, dessen Lautsprecher für eine bestimmte Zeit am Tag eingeschaltet und dann wieder ausgeschaltet wird, die Nachricht von der Wahl Salvador Allendes zum chilenischen Präsidenten. Es ist Samstag. Am Sonntag wird im Zellenradio live von einem Rock-Konzert auf der Insel Fehmarn berichtet. Ich ahne nicht, dass mein Sohn, bereits von der Reise zurückgekehrt, in diesem Augenblick mit seinem Vater auf einer Wiese in Fehmarn sitzt und der Musik von Jimi Hendrix zuhört. Am Nachmittag ist es warm und sonnig im Hof. Ich lehne mich in der Freistunde an eine Mauer.

Am achten September entscheidet der Richter zum dritten Mal, dass ich nicht freigelassen werde. Es bestehe

Fluchtgefahr, sagt er. Ich habe keinen Besitz, der mich davon abhalten könnte zu verschwinden, keine Bindungen, da ich von meinem Mann getrennt sei. Mein Kind zählt nicht. Auch nicht die Kaution, die mein Bruder aufgetrieben hat. Jetzt sind es vier Wochen bis zur nächsten Haftprüfung. Aus der Gefängnisbibliothek habe ich mir Kafkas *Schloss* ausgeliehen. In den Nächten verfolgt mich der Gedanke, dass der Haftrichter mich niemals mehr freilässt.

Am dreizehnten September werde ich aus meiner Zelle geholt. Mit der Wärterin gehe ich einen langen Gang entlang. Alle paar Meter Gittertüren, die sie rasselnd vor mir aufschließt und rasselnd hinter mir zuschließt. Wie zwischen zwei Spiegeln ziehen sich die immer gleichen Gitter ins Endlose. Von ganz hinten her höre ich ein Dröhnen. Dann sehe ich meinen Sohn auf Rollschuhen durch die Stäbe näher kommen. Er trägt einen roten Helm, die dicken langen Haare wehen darunter hervor. Er umrundet den Wärter und seinen Vater, der Musils *Mann ohne Eigenschaften* für mich unter dem Arm hat, er fährt Kurven, versucht es auf einem Bein, rückwärts, dann wieder vorwärts, wendet den Kopf, sieht mich, rast auf das letzte uns noch trennende Gitter zu, donnert dagegen und streckt seine Hände hindurch. Bevor ich sie fassen kann, werde ich seitlich in die Besucherzelle abgedrängt. Dann rollt er in den kleinen Raum hinein und in meine Arme. Einmal darf ich ihn unter Aufsicht halten, dann muss ich ihn wieder loslassen. So rollt er weiter um den Tisch, an dem ich sitze. Er rollt dicht an mir vorbei, streift mich, und wir fassen uns bei jeder Runde heimlich unter der Tischplatte an den Händen. Fünfzehn Minuten dröhnt es in der Besucherzelle, dann ist die Zeit abgelaufen. An der Tür dreht er sich noch einmal um. Warum er einen Helm trage, fragt der Wärter. »Man kann nie wissen«, ruft mein Sohn noch, während ihn die Rollschuhe schon vorwärts dem Ausgang zutreiben und er bei jedem Gitter, das sich vor ihm öffnet und hinter ihm schließt, noch einmal winkt. Das Rot des Helms wird kleiner und kleiner, die Stäbe schieben sich übereinander, und er ist weg, mit seinem Vater, der mit ihm in unsere Fabriketage zurückgeht, weil er nur dort auf uns warten will, auf Philip S. und mich, nirgendwo sonst.

Der Mann ohne Eigenschaften liegt noch auf dem Tisch in der Besucherzelle. Als ich danach greifen will, nimmt die Wärterin das Buch an sich. Ich bekomme es nicht, weil es nicht neu, nicht original verpackt ist. Mit Nadelstichen auf einzelnen Buchstaben, sagt sie, könne eine Botschaft darin verborgen sein. Zum ersten Mal bin ich außer mir. Zum ersten Mal schreie ich und schlage in der Zelle so lange an die Tür, bis die Wärterin kommt und mir irgendein Buch zum Lesen bringt. Aber ich will nicht irgendein Buch. Ich will den *Mann ohne Eigenschaften* für die Zeit des Eingeschlossenseins, die sich hinzieht, ohne dass ich ein Ende absehen kann – um der tausendsechshundert Seiten willen.

Noch weiß ich nicht, dass diese Nacht die letzte in der Zelle sein wird, Wand an Wand mit M. in stummem Horchen auf ihre leise Geschäftigkeit. Möglicherweise wäre ich neben ihr im Gefängnis geblieben und hätte noch lange darauf gewartet, dass Experten die Schweißerhandschrift auf dem Deckel der Rohrbombe und die Schweißnaht an der Verriegelung unserer Eingangstür entschlüsseln und als nicht identisch zu Protokoll geben, wenn es da nicht eine junge rauschgiftsüchtige Frau gegeben hätte. Eine der Bräute, wie es heißt, eine, die immer mittendrin ist im Trupp der sogenannten Haschrebellen, die umherschweifen und nächtliche Anschläge verüben. Sie, fast noch ein Mädchen, wird zu meinem Schutzengel. Sie ergibt sich dem Druck des Oberstaatsanwalts, der ihr Versprechungen macht und sie befragt, während sie, eine Schwerkranke, vom Rauschgift loszukommen versucht. Sie sagt alles, was sie weiß, alles, was sie gesehen, gehört und selber mitgemacht hat. Ich bin mir nicht sicher, ob es ihr in ihrer unsteten und gefährdeten Seele um die Wahrheit ging oder ob sie sich nur an die Stunden erinnerte, die sie an meiner Nähmaschine verbracht hatte, um sich mit meiner Hilfe ein Oberteil für einen Sommerrock zu nähen. Ihre Aussage bringt andere ins Gefängnis oder treibt sie auf der Flucht vor dem Zugriff der Justiz in den Untergrund. Uns aber entlässt sie in die Freiheit.

Die Wärterin kommt am späten Vormittag. Ich soll meine Sachen packen. Es geht alles ganz schnell. Draußen ist es sonnig und warm. Seit einer Stunde sitzen Freunde vor dem Ausgang Alt-Moabit 12a auf einer Treppe. Mein Sohn rollt den Bürgersteig rauf und runter und wünscht sich eine Cola. Ich komme mit einer Tüte durch das Tor, darin der weiße Fuchs, die Kleider und *Der Mann ohne Eigenschaften* aus der Asservatenkammer, das Lesezeichen immer noch da, wo ich es hineingelegt hatte, am Anfang bei den meteorologischen Bedingungen eines schönen Augusttages 1913 mit geringer Luftfeuchtigkeit. Mein Sohn springt mit den Rollschuhen die flachen Eingangsstufen hinauf. Als erstes gehen wir zu einem Kiosk. Dann sitzen wir nebeneinander vor dem hohen eisernen Tor in der Sonne und warten. H. erscheint als Zweiter, leichtfüßig, sich verwundert die langen Haare aus dem Gesicht streichend, als er uns bemerkt. Dann Philip S. Mit einem Karton unter dem Arm bleibt er auf der obersten Stufe stehen, blinzelt in die Sonne und lacht siegesgewiss. Trotz des Hungerstreiks ist er stämmiger geworden, das Haar kürzer, anstelle des feinen schmalen Barts ein Vollbart, der den weichen Mund verdeckt. Ich laufe ihm nicht entgegen wie die anderen, die auf der Treppe gewartet haben, sondern bleibe auf der untersten Stufe sitzen.

XX ....

.... Philip S. und ich gehen durch verwaiste Räume. Meine Tagebücher sind fort. Vielleicht liegen sie noch immer bei den Asservaten der Polizei. Ich wollte sie nicht zurückhaben, nachdem sie dort gelesen worden sind. Meine Dunkelkammer ist leer. Nicht die Polizei hat das Vergrößerungsgerät mitgenommen, sondern andere, unter dem Deckmantel der Freundschaft. Drei Monate später wird es bei einer Hausdurchsuchung in der Fälscherwerkstatt einer Untergrundgruppe gefunden. Mir kommt es vor, als sei ich eine Ewigkeit fortgewesen.

Vor dem Einschlafen klagt sich mein Sohn an, weggefahren zu sein. Wir wären nicht verhaftet worden, sagt er, wenn er dageblieben wäre. Er hatte mit seinem Freund Pläne gemacht, uns rauszuholen, mit einem Hubschrauber, mit einem Seil, durch ein Loch in der Mauer. Für lange Zeit wird er nicht mehr woanders schlafen. Er sagt auch, er habe auf der Reise Heimweh gehabt und die ganze Zeit alleine im Auto in seinem Schlafsack gelegen und nicht im Zelt mit den anderen, fünf Wochen lang. Und dann, bevor ihm die Augen zufallen, wünscht er sich noch, dass Philip S. sich jetzt wie Jimi Hendrix kleiden solle – schwarze Lederhose, viele Ketten um den Hals.

Aber Philip S. wird keine Lederhose tragen, sondern eine schwarze Samthose, die ich ihm genäht habe, und den

Gürtel, der ihn bis zu seinem letzten Atemzug begleitet. Ich sehe es auf einem Stück Film, den der Zufall mir vierzig Jahre später in die Hände spielt. Der Film ist verwackelt, die Kamera schwenkt ziellos hin und her. Was er zeigt, ist zufällig, aber unwiederholbar, weil es die letzten bewegten Bilder sind, die es von ihm geben wird. Aufgenommen am siebzehnten September 1970 in der Akademie der Künste, drei Tage nach unserer Rückkehr aus dem Gefängnis, Szenen eines Stücks über eine Jugendrevolte, in dem die Zuschauer aufgefordert werden einzugreifen. Philip S. geht auf die Bühne und spielt noch einmal, was er gerade erlebt hat. Er lässt sich verhaften, erkennungsdienstlich behandeln und abführen. Er weiß jetzt, wie es ist.

Wir sind nicht an den gleichen Ort zurückgekehrt, nicht in das gleiche Leben. Aber das wissen wir noch nicht. Erst später sehe ich deutlich, wie in dem, was damals geschah, schon das Zukünftige aufschien. Unter der Hand veränderte sich etwas, das ich im Rückblick als Zeitwende begreife, das Leben spaltete sich auf in die Zeit vor dem Gefängnis und in die danach. Aber noch decken sich die Bilder von vorher mit denen der Gegenwart; nur kurze Zeit später passen die Konturen nicht mehr übereinander.

Auch H. nimmt nur scheinbar seine unbestimmte Freundlichkeit wieder an. Die Wochen unschuldig verbüßter Haft geben seinem Leben eine andere Richtung. Er bleibt noch eine Weile, aber er verbringt Tage allein in einem Zimmer in der oberen Etage, zieht sich in eine Einsamkeit zurück, über die er sein scheues Lächeln breitet. Dann verschwindet er, kommt aber noch einmal zurück, um sich zu verabschieden. Er umarmt uns mit der unverlässlichen Nähe, die schnell vorüber ist. Er sagt nicht, wohin er geht. Er braucht es nicht zu sagen, wir ahnen es ohnehin. Aber wir können uns nicht vorstellen, dass es für immer sein wird. Er schließt sich einer Gruppe an, die aus der Illegalität heraus eine gewalttätige Konfrontation mit der Macht des Staates sucht und in den kommenden Jahren erbarmungslos gejagt wird. Mit ihm geht ein junges Mädchen. Weggelaufen von zu Hause, hat sie bei uns Unterschlupf gesucht. Zwei, drei Dinge bleiben von beiden zurück. Schulhefte von ihr, eine winzige Kamera von ihm und ein paar Taschenbücher, an deren Einbänden kleine Ecken herausgeschnitten sind, um Mundstücke für Joints zu rollen. Eine Zeitlang kommen noch Anrufe von seinem Vater, die mit jedem Mal besorgter werden. Ich versuche ihn zu beruhigen: H. sei vielleicht nach Italien gefahren oder nach Frankreich und komme bestimmt bald wieder zurück. Aber die Worte klingen unglaubwürdig in meinen Ohren. Zwei Jahre später wird H. unter erdrückenden Vorwürfen verhaftet. Ich weiß nicht, ob er je selbst eine Bombe gelegt hat, die einen Menschen tötete. Aber er soll, heißt es, derjenige gewesen sein, der unauffällig wie ein Handlungsreisender Ziele für Anschläge auskundschaftete. Auf diese Weise vermied er, sich selbst in seinen Taten zu begegnen, er hielt Abstand zu den Folgen und zu den Opfern, eine innere Entfernung, in die er stets auswich, wenn Menschen ihm zu nahezukommen drohten. Kaum wiederzuerkennen, wird er, entkleidet, vor laufenden Kameras abgeführt. Seine Arme sind dabei so verdreht, dass er einen Schrei ausstößt, der lange nachhallt. »Meinem Sohn ist alle Gewalttätigkeit fremd«, sagt der Vater nach der Verhaftung, und auf unbegreifliche Weise scheint mir wahr, was er sagt.

Als H. vier Jahre später, während eines Hungerstreiks und nach seinem letzten stummen Notruf, in einem alten Backsteingefängnis in der Eifel stirbt, hört ihn niemand mehr. Die Qual der Zwangsernährung hat er niedergeschrieben. Die Zellen über ihm und neben ihm sind leer. Er ist ganz allein. Am neunten November 1974, dem Tag seines Todes, kommt kein Arzt, kein Wärter. Er ist gerade dreiunddreißig Jahre alt geworden. Seine Hände, die beim Reden so oft Gedanken und Wörter mit anmutigen Bewegungen in der Luft unterstrichen haben, um ihnen die Schärfe zu nehmen, die zuweilen darin zu finden war, sind im Sarg gefaltet, die Fingernägel überlang. Das Laken bedeckt keinen Körper mehr, nur noch Haut und Knochen.

Seit mein Sohn am Abend dieses neunten November die Nachricht gehört hat, versucht er einen Weg aus der Beklemmung zu finden, die sein Herz schwer macht. Er ruft mich noch einmal, als er im Bett liegt. Vor langer Zeit hatte er ein Bild für H. gemalt, ein Haus, einen Garten, ein Indianerzelt. Weil er »Freiheit für H.« darauf geschrieben hatte, wurde das Bild von der Gefängnisleitung wieder zurückgeschickt. Er will mir noch etwas sagen. Kurz vor dem Einschlafen hat er die Vorsicht entdeckt und gibt seine Erkenntnis an mich weiter wie etwas, das ich in meinem Gedächtnis bewahren soll. Ich solle mir vorstellen, sagt er, wir seien ganz oben in einem Hochhaus, in einem Raum, dessen Fußboden riesige Löcher hat. Man könne durch die Löcher in die Tiefe stürzen. In dem Raum herrsche völlige Dunkelheit. Man könne die Hand nicht vor den Augen sehen. Jeder Schritt sei lebensgefährlich. Aber es gebe einen Lichtschalter in dem Raum. H., sagt er, habe nicht auf die Löcher im Boden geachtet. Er sei einfach losgelaufen, um

Licht zu machen. Und dann sei er abgestürzt. Wenn er sich an den Wänden entlanggetastet hätte, sagt er, dann wäre er vielleicht noch am Leben.

XXI ....

.... Der Hausbesitzer hat zum dritten Mal gekündigt und nimmt die Kündigung auch diesmal wieder zurück, als Philip S. mit ihm trinkt und verspricht, im Herbst die Äpfel in seinem Garten in Lankwitz zu ernten. Die Hausbewohner reden jetzt oft von Bomben, die man werfen müsse, ins Arbeitsamt, ins Sozialamt oder bei »denen da oben«, auch beim Hausbesitzer. In der Bildzeitung werden neue Anschläge auf die Vorgärten von Richtern gemeldet, gleich neben der kurzen Nachricht, dass die Bombenleger Philip S. und ich aus dem Gefängnis entlassen worden sind. Der Staatsanwalt hat Beschwerde gegen unsere Freilassung eingelegt. Wenn die Unruhe in den Nächten zu groß wird und sich im Morgengrauen die gewöhnliche Stunde der Verhaftung nähert, stehen wir auf. Philip S. trägt meinen Sohn in eine Decke eingewickelt ins Auto, und wir fahren für den Rest der Nacht zu Freunden.

An den Tagen räumen wir auf und räumen weg. Zwischen den Überbleibseln von Lebensentwürfen und dem Verlust von Freundschaften suchen wir einen Neubeginn. Ich habe das Gefühl von Endgültigkeit, als ich den Rahmen mit einem Kinderbild von dem Schreibtisch nehme, an dem M. bis zum letzten Tag vor ihrer Verhaftung an Übersetzungen gearbeitet hat. Zusammen mit Büchern, einem Nageletui, Notizzetteln und einem Paar roter Hausschuhe packe ich das Bild in eine Kiste. Während der bald fünf Monate, die sie nun schon im Gefängnis ist, hatte das Bild immer an der gleichen Stelle gestanden. Niemand hatte es beiseitegelegt, um sich auf dem Tisch auszubreiten. Es zeigt einen dunkelhaarigen kleinen Jungen, den sie vor zehn Jahren in Kairo zurücklassen musste, als sie vor der Gewalt des Mannes floh, dem sie noch als Schülerin nach Ägypten gefolgt war. Ich räume den Schreibtisch des Taxifahrers auf. Die inzwischen verstaubten Abrechnungen seiner letzten Taxifahrten liegen immer noch zwischen Büromaterial und Werkzeugen. Auch für ihn packe ich eine Kiste mit den persönlichen Dingen, beiseitegestellt bis irgendwann. Als sie nach einem Jahr freigesprochen werden, kommt er allein zurück. M. hat sich während der Verhandlungen in den dritten Angeklagten verliebt, den Sechzehnjährigen, der mit im Citroën saß, zwanzig Jahre jünger als sie. Übers Jahr ist er siebzehn geworden und schmiegt sich auf der Anklagebank an sie.

Die Untergrundzeitung hat in unserer Abwesenheit neue Herausgeber und einen neuen Ort gefunden. Die Regale mit den Zeitungsarchiven sind aus dem oberen Stockwerk abgeholt worden. Andere Leute werden einziehen. Philip S. schleppt die Videoanlage nach unten und installiert sie an dem frei gewordenen Platz. Er wird noch zwei kurze Agitationsfilme drehen, schnell hergestellt zu aktuellen Ereignissen, so wie er es geplant hatte, als er die Videoanlage anschaffte. Der Film über politische Gefangene entsteht in einer Nacht. Bis dahin wurden nur Gefangene anderer Länder als politische Häftlinge betrachtet, die Black Panther in den Vereinigten Staaten oder die Tupamaros in Südamerika. Philip S. aber gibt in dem kurzen Streifen Freunden und Weggefährten, die aus dem Untergrund die Polizei mit Nacht- und Nebelaktionen in Atem halten, einen Platz in der Reihe der Täter, deren Motive im Unbehagen an Staat und Gesellschaft begründet sind. Die Rockband »Ton, Steine, Scherben« schreibt ihr Gefangenenlied für ihn. Philip S. montiert einen Mitschnitt aus den Fernsehnachrichten hinein, die Ende September breiten Raum in der *Tagesschau* einnehmen. Eine Gruppe von Frauen und Männern hatte innerhalb weniger Minuten drei Banken überfallen. Auf der Suche nach den Tätern wird der Hergang in der *Tagesschau* genau rekonstruiert. Fluchtwege werden gezeigt, dazu die Fluchtautos, sämtlich mit vier Türen, geschweißte Krähenfüße, aus den Fenstern geworfen, um die Reifen verfolgender Streifenwagen zu zerstechen, zurückgelassene Masken, Kleidung und auch Waffen werden fachkundig vor der Kamera präsentiert. Philip S. zeichnet die Sendung mit der neuen Videoanlage auf. Dann beginnt er zu experimentieren; schließlich gelingt es ihm, dem Bericht einen anderen Text zu unterlegen. Am Ende kündigt der bekannte Fernsehsprecher die drei Banküberfälle als besonders gut gelungene Aktionen zur Geldbeschaffung für den revolutionären Kampf an. Beide Filme laufen auf einem Monitor im Foyer der Universität nach einer Veranstaltung über die Black Panther. In den Zeitungen ist am nächsten Tag von einem »Terrorfilm« die Rede.

In den ersten Oktobertagen kommen sie wieder im Morgengrauen. Noch wissen sie nicht, dass der Film auf unserer Videoanlage hergestellt wurde. Sie haben jetzt Maschinenpistolen, und mein Sohn wünscht sich ein Gewehr. Sie kommen im November und suchen nach Brandstiftern, die in München zwei nicht funktionierende Brandsätze in ein Gerichtsgebäude gelegt hatten. Die Durchsuchungsprotokolle häufen sich. Philip S. legt zwei Justizordner an, einen für sich und einen für mich. In seinem Ordner befinden sich der Rechtsstreit mit der Filmakademie und der Richterspruch, der uns in die Freiheit entlässt. Die Durchsuchungsprotokolle aber heftet er in meinem Ordner ab, als ob die Räume, die von der Polizei jetzt wie eine erste Anlaufstelle in regelmäßigen Abständen auf den Kopf gestellt werden, nicht mehr sein Zuhause wären.

Die Dinge verändern sich schleichend. Jeder von uns hat die Wochen hinter Gittern anders durchlebt. Philip S. hat sich dagegen aufgelehnt, eingesperrt zu sein. Ich habe mich in mich selbst zurückgezogen. Er ist laut geworden. Ich wurde leise. Er hat den Aufstand geprobt, hat die anderen Gefangenen aufgewiegelt, sich den Anweisungen der Wärter zu widersetzen. Ich habe mit den Wärterinnen gesprochen. Ihn haben die Wärter mit Judogriffen niedergerungen. Mich hat keine Wärterin jemals berührt. Er zieht jetzt eine scharfe Linie zwischen sich und denjenigen, die er als Feinde begreift. Ich kann nicht in Feindschaft leben, auch wenn ich vieles als feindlich empfinde. Er hat geschworen, sich nie wieder einsperren zu lassen. Ich habe geschworen, mich nie mehr für etwas einsperren zu lassen, für das ich nicht geradestehen kann. Er glaubt, dass er dem Gefängnis nur entkommen kann, wenn er ein anderer wird. Ich glaube, dass ich es nur aushalten kann, wenn ich bei mir selber bleibe. Er ist rausgekommen, um wegzugehen. Ich bin in mein Leben zurückgekehrt. Er hat mich im Gefängnis an seiner Seite gesehen. Aber ich war nicht dort, ich war bei meinem Kind. An dieser Unvereinbarkeit zerbricht das gemeinsame Leben. Es geschieht in kleinen Schritten, von uns selbst unbemerkt.

Er ist jetzt oft unterwegs. Die Videoanlage ist meistens verliehen. Das bewahrt uns davor, dass sie bei der nächsten Hausdurchsuchung als Beweismittel mitgenommen wird, und bringt zudem Geld für unser Leben ein. An der Filmakademie gibt er mit den Geräten noch immer Einführungskurse in Videografie. An der Kunsthochschule veranstaltet er Seminare im Bereich Visuelle Kommunikation. Mehr als das Filmemachen selbst interessiert ihn jetzt die Analyse dessen, was in Film und Fernsehen mitgeteilt wird. Es geht ihm um die Formen von Herrschaft und Meinungsmache, die mit dem Gebrauch der Medien ausgeübt wird. Er liest die Schriften, die vom Institut für Sprache im technischen Zeitalter an der Technischen Universität Berlin herausgegeben werden. Er eignet sich ein zeichentheoretisches Handwerkszeug an, eine Art Grammatik, mit der er die Sprache der Bilder auf ihre Bedeutungsinhalte und ihre manipulative Macht hin untersucht. Er tut es unter gesellschaftspolitischen Gesichtspunkten. Er spielt nicht mehr mit dem ästhetischen Bruch von Konventionen in der Filmsprache, wie er es im *Einsamen Wanderer* getan hatte; er will wissen, was hinter den Bildern steckt, mit denen täglich Informationen verbreitet werden. Als ihm ein Produzent, der den *Einsamen Wanderer* gesehen und von der Verhaftung gehört hatte, anbietet, die *Erinnerungen eines Terroristen* des russischen Sozialrevolutionärs Boris Savinkov fürs Fernsehen zu verfilmen, liest er das Buch und beschäftigt sich eine Weile mit dem Gedanken. Dennoch wird er den Film nicht drehen, weil ihn die Wochen hinter Gittern bereits woandershin geführt haben. Er begreift diese Erfahrung nicht als Sprungbrett ins Fernsehen, wie er sagt. Sie sind ein Einschnitt, der sein Leben verändert. Als er fünf Jahre später zu seinem letzten aussichtslosen Lauf

auf dem Parkplatz ansetzt, will es scheinen, dass er sich, wie es Savinkov an einer Stelle beschreibt, in das Ende seines Lebens wie in einen Abgrund stürzt, den sicheren Tod vor Augen.

XXII ....

.... Nach außen hin nimmt der Alltag in der Fabriketage wieder feste und verlässliche Formen an. Wir kennen das Paar, das bei uns eingezogen ist, aus dem Kinderladen. Sie sind vertraute Weggefährten, mein Sohn und die Tochter spielen schon lange zusammen. Noch immer teilen wir das Geld für Miete und Haushalt und übernehmen abwechselnd Aufgaben. Es schließt sich ein Paar an, das eine kleine Wohnung zum Schlafen und Arbeiten auf gleicher Höhe im Quergebäude gemietet hat. Man kann von unserer Küche in ihre Wohnung schauen. Die Kinder laufen mit einem alten Stoffaffen über ein Schuppendach zu ihnen hinüber, spielen Judy und Tarzan, klettern durchs Fenster und rufen das Paar zum Essen. Weil die Männer Chinesisch studieren, essen wir jetzt oft mit Stäbchen. Sie lesen den Kindern abends die Geschichten der Räuber vom Liang-Schan-Moor vor. Den Namen des Helden sprechen sie dabei im Originalton aus, ein eigenartiger Singsang, der vom Kinderzimmer herüberklingt. Unter den vielen Menschen fällt es nicht auf, dass Philip S. mit seinen Gedanken anderswo ist, dass er wegstrebt, bald nur noch äußerlich an dem geselligen Leben teilnimmt und sich mit seinen nicht mehr mitteilbaren Plänen bereits im Übergang befindet in eine andere, ihm selbst noch undeutliche Existenz.

In manchen Nächten fährt er wieder Taxi. Er benutzt die Dunkelheit und die Tarnung als Taxifahrer für heimliche Begegnungen. Er ist unterwegs, streckt seine Fühler aus zur anderen Seite, zu den Grenzgängern zwischen Gesetz und Gesetzlosigkeit. Für manche von ihnen gibt es kein Zurück mehr. Er denkt, Klarheit schaffen heiße, alle Brücken hinter sich abzubrechen und so den Widerspruch zwischen dem, was man sich vorstellt, und dem, was im täglichen Leben machbar ist, ein für allemal aufzulösen. Er nimmt zu der Gruppe Kontakt auf, der H. sich angeschlossen hat. Er trifft sich mit einem Paar, nach dem im ganzen Land gefahndet wird. Deren Politik jedoch ist nicht die seine. Er hält nichts von spektakulären Aktionen, die den Staat oder den amerikanischen Imperialismus beispielhaft treffen sollen. Das Paar aber zieht ihn an, ihrer beider Entschlossenheit, unverbrüchlich zusammen bis in den Tod. Wenn er in der Nacht zurückkehrt, legt er den Arm enger um mich.

Ende des Winters 1971 gibt er vor, wegen eines Films in die Schweiz reisen zu müssen. Nur ich weiß, dass er nach Italien fährt, um Leute zu treffen, die sich Brigate Rosse nennen und zwischen einem offenen Leben und einer getarnten Existenz im Untergrund hin- und herwechseln. Er hat eine Adresse in Mailand. Wieder trifft er auf ein Paar, das eine führende Rolle spielt und ihn beeindruckt. Mit einer Gruppe haben sie ein leerstehendes Haus besetzt und wagen einen Balanceakt auf verschiedenen Ebenen. Manche diskutieren, demonstrieren, protestieren, andere halten die Zeit gekommen für die illegale Tat. Unter der Hand bauen sie eine Infrastruktur auf, wie sie sagen, für andere Zeiten, wenn ihnen die Taten, in die sie verwickelt sind, die Anschläge, für die sie verantwortlich zeichnen, die Rückkehr in das Leben abschneiden, das sie jetzt noch führen, ein Leben, in dem es noch Freunde und eine Familie gibt,

Großeltern, Eltern und Kinder. Sie planen für den Zeitpunkt, der irgendwann kommen wird, den Moment, von dem an Familie oder Freundschaft keinen Schutz mehr bieten, der gewohnte Weg nach Hause zur Falle wird, die eines Tages zuschnappt.

Etwas ist anders bei dem Paar in Mailand und deren Freunden. Noch steht bei ihren verdeckten Taten die Unterstützung der Industriearbeiter im Zentrum, während es der Gruppe in Berlin um Angriffe auf den Staat und seine Politiker und um den amerikanischen Imperialismus und die CIA geht. Kleine Sabotageakte in Fabriken Norditaliens, Sand im Getriebe der Maschinerie, das ist die Richtung, in die Philip S. selber denkt. Er ist fasziniert von den praktischen Fähigkeiten der Gruppe und eignet sie sich an. Nachts ziehen sie los mit einem universalen Zündschlüssel, den sie mit Arbeitern von Fiat zurechtgefeilt haben, und wenn der Schlüssel passt, stehlen sie einen Wagen, unauffällig und schnell. Sie nehmen nicht den Cinquecento, sondern den etwas größeren Fiat, den mit vier Türen, der zum Fluchtauto taugt. Dann folgen sie einem Plan, ausgetüftelt mit einem Gleichgesinnten, der sich in der Fabrik auskennt. Sie legen ein Fließband lahm oder brechen in das Büro des Direktors ein und entwenden Unterlagen für eine geplante Anhebung der Stückzahl beim Akkord. Im Schutz des fremden Kennzeichens benutzen sie das gestohlene Auto für eine Nacht. Bis der Besitzer den Diebstahl bemerkt und der Polizei gemeldet hat, haben sie es längst wieder am Straßenrand abgestellt.

Als das besetzte Haus in Mailand von der Polizei geräumt wird, werden alle Bewohner verhaftet. Sie bleiben für eine Weile im Gefängnis, danach taucht das Paar unter. Philip S.

trifft die beiden erst wieder, als ihr Name schon in den Schlagzeilen der italienischen Zeitungen auftaucht. Aber ihre Vorstellungen von politischem Untergrundkampf werden voneinander abweichen, als das Paar die Konfrontation mit der Staatsmacht aufnimmt, mit Bomben, Entführungen und Mord. Sie werden gejagt, umzingelt und auseinandergerissen. Sie wird im selben Jahr wie Philip S. bei einer Schießerei getötet. Er kommt ins Gefängnis und bleibt zwanzig Jahre dort. Als Philip S. aus Italien in das Leben zurückkehrt, das er noch mit mir teilt, wird es mehr und mehr zu einem Doppelleben.

Alle Wege werden jetzt potentielle Fluchtwege. Er verkauft den Bus und schafft einen Peugeot mit vier Türen an. Unsere Liebe wird zum Geheimbund. Sie muss jetzt mehr Gewicht haben als vorher. In Fotos, die er von uns beiden macht, gibt er ihr Gestalt. Aber wir sind darauf nicht mehr dieselben. Er, ohne Bart, trägt eine Brille mit Fensterglas. Ich trage eine schwarze Lockenperücke. Er zieht sich in die Dunkelkammer der Filmakademie zurück und passt die Bilder in fremde Ausweise ein, die mit unserem Alter, unserer Größe und Augenfarbe ungefähr übereinstimmen. Ich weiß nicht, wer ihm die Ausweise gegeben hat. Er hat Beziehungen, die ich nicht kenne. Vorsichtig löst er die Nieten, mit denen die Passbilder befestigt sind, und stanzt sie mit einer kleinen Maschine, die für Studentenausweise benutzt wird, wieder ein, haargenau an der gleichen Stelle. Sich auf seine Grafikertätigkeit in Zürich besinnend, hat er den Stempel aus dem fremden Ausweis abfotografiert, auf die Passbilddecke projiziert und den Stempelkreis auf dem neuen Passbild vervollständigt. Er sitzt stundenlang an der Arbeit. In den Nächten kommt er leise zurück an meine Seite. Ich will mir nicht vorstellen, dass er irgendwann nicht mehr kommen wird. Er will sich nicht vorstellen, dass ich nicht mit ihm gehen werde, wohin auch immer. Aber wir sprechen es nicht aus. Wir begnügen uns mit Andeutungen, und wenn wir nachts beieinander liegen, macht die Dunkelheit auch das ungeschehen, worüber wir nicht sprechen können.

Es gibt jetzt eine Reihe militanter Gruppen, die dem Sog der nächtlichen Taten erlegen sind. Öffentliches Aufbegehren und Demonstrationen reichen ihnen nicht mehr. Sie haben oft genug erlebt, dass ihr Protest sie vor Gericht und in der Presse zu Kriminellen oder Terroristen macht und dem wahllosen Zugriff der Polizei ausliefert. Jetzt wollen sie ein System mit Gewalt zu Fall bringen, in dem immer noch Politiker, die in der SS waren, Wahlen gewinnen und alte Nazis als Richter Urteile fällen. Philip S. sucht den Kontakt zu diesen Gruppen, will sich austauschen über ihr Vorgehen und ihre Ziele und über das, was sie Logistik nennen. Sichere, der Polizei unbekannte Wohnungen zum Unterschlüpfen, Methoden, Pässe noch besser zu fälschen, und technische Ratschläge beim Aufbrechen moderner Lenkradschlösser, für die der aus Italien mitgebrachte Universalschlüssel nicht taugt.

Immer wieder kommt mir das, was ich wahrnehme, wie die Planung für einen Film vor, in dem sich ein Mann entschließt, ein anderer zu werden. Die mir zugedachte Rolle als Botin probiere ich aus wie ein neues Kleidungsstück und reise nach München. Im Zug verwandele ich mich in eine Schwarzhaarige mit modischem schwarzem Lackmantel. Auf dem Bahnsteig halte ich vergeblich Ausschau. Ich setze mich auf eine Bank und warte auf eine Kontaktperson, die auf allen Fahndungsplakaten zu sehen ist. Der Bahnsteig leert sich, nur ein Mann in Lodenjacke und Kniebundhosen geht mit gemächlichen Schritten auf und ab. Als ich mich schließlich auf den Weg zu den ausgehängten Fahrplänen mache, um zurückzufahren, taucht der Bayer neben mir auf und sagt leise meinen Namen.

Sich mit Menschen zu treffen, die von der Polizei gesucht werden, ist ein Übergang in eine Welt, der alle Sicherheit entzogen ist. Jede Situation hat einen doppelten Boden. Ahnungslos sitze ich in einer fast leeren Wohnung auf einem Bett, unter der Matratze Waffen. Der Bayer hat seine Lodenjacke abgelegt und einen langen schwarzen Pferdeschwanz aus dem Hemdkragen gezogen. Einige von denen, die ich dort antreffe, kenne ich aus der Zeit, als die Polizei noch nicht hinter ihnen her war. Andere sind seit kurzem auf den Fahndungsplakaten zu sehen. Ich habe ein Strategiepapier mitgebracht, das gelesen und diskutiert wird, während der in Leinen verpackte schwarze Afghan ausgewickelt, zerkrümelt, mit Tabak vermischt und zur Tüte gerollt, von Hand zu Hand geht. Das Strategiepapier von Philip S. stößt auf wenig Zuspruch. Sie glauben nicht, dass es möglich ist, sich mit illegalen Aktionen in den Betrieben zu verankern. Lieber bleiben sie bei den Brandsätzen, die sie Richtern und Staatsanwälten, ihren direkten Feinden, in die Vorgärten werfen wollen. Damit haben sie Erfahrung, da kennen sie sich aus. Pässe beschaffen sie sich bei gelernten Fälschern. Lenkradschlösser brechen sie mit einem biegsamen Bohrer auf. Geld holen sie sich aus den Banken und besorgen damit die Waffen, auf denen ich sitze, Waffen, die bald von der Polizei gefunden werden und alle, die sich in dem Raum versammelt haben, in den

Untergrund treiben oder für kürzer oder länger ins Gefängnis bringen.

Dennoch unternehme ich eine weitere Reise für ihn. Bei gleißender Sonne fahre ich über schneebedeckte Pässe nach Italien, den Ellenbogen im heruntergekurbelten Fenster des Peugeot 404, Bob Dylan auf dem Kassettenrecorder, »... send a message to Mary, but don't tell her, where I am«. Noch ist das besetzte Haus in Mailand nicht von der Polizei geräumt. Ich komme zum Abendessen, schlafe in einer kleinen Kammer und werde am nächsten Tag mit einem Fiat an einen Ort gebracht, wo Informationen ausgetauscht werden, die nicht für die am Tisch versammelte Hausgemeinschaft bestimmt sind. Während wir weit hinausfahren in die Vorstädte mit ihren elenden Hochhaussiedlungen, schaut der Fahrer häufiger in den Rückspiegel als nach vorne und führt mir den von Fiat-Arbeitern gefeilten Universalschlüssel vor.

In einer konspirativen Einzimmerwohnung mit Küche sitze ich einem Mann gegenüber, der zwei Jahre später wegen Entführungen und Morden gesucht werden wird. Sein Englisch ist so schlecht wie mein Italienisch. Er liest die italienische Übersetzung des Strategiepapiers von Philip S., die ich mitgebracht habe. Wieder geht es um den Kampf in den Betrieben und darum, wie der Kampf der Industriearbeiter in den europäischen Metropolen von militanten Gruppen unterstützt werden könnte. Philip S. stellt sich zeitlich koordinierte Aktionen in Nord-Süd-Richtung vor, von Deutschland bis Italien. Mitten in der Lektüre schreckt der Mann hoch. Ein leises rhythmisches Klopfen ist an der Eingangstür zu hören. Er steht auf und öffnet. Vom Flur her Stimmen, aus der Küche Wortfetzen. Von einem

Transport ist die Rede, von der Grenze, von Carabinieri und Verhaftungen. Vom neunten Stock aus schaue ich in die tristen Häuserschluchten hinab. Ich weiß, dass nicht mehr viel Zeit bleibt. Bei den Verhören der Polizei, die vielleicht schon im Gang sind, können Namen und Adressen preisgegeben werden. In letzter Minute, wie mir scheint, verlasse ich die Wohnung und komme davon.

Noch trennen ihn die gefälschten Pässe und heimlichen Treffen nicht endgültig von dem großen Tisch am Abend, der uns vereint. Solange wir zusammen sind, gehört er zu dem Leben mit meinem Kind und unseren Freunden. Aber es entsteht ein Schweigen um ihn, wenn alle etwas erzählen und er nichts erzählt. Im Frühjahr 1971 fahren wir noch einmal in die Schweiz. Philip S. ist bereits so tief in das Handwerk des Illegalen eingedrungen, dass er Kontakte sucht, die ihm Zugang zu Waffen verschaffen sollen. Es wird unsere letzte gemeinsame Reise sein. Je riskanter seine Vorhaben, umso enger will er mich an seiner Seite sehen. Wenn ich noch ein Stück des Wegs mit ihm gehe, denke ich, kann ich sie abwenden, diese trostlose Existenz im Untergrund, und sie wird nur eine Vorstellung bleiben und nicht Wirklichkeit werden. So halte ich Wache über dem letzten Abschnitt unseres gemeinsamen Lebens. Und weil die Liebe, die es noch zwischen uns gibt, nach Gemeinsamkeit verlangt, halte ich bei seinen Versuchen, die Lenkradschlösser fremder Autos aufzubrechen, auch dann noch Wache, als nichts mehr die Gefahr aufwiegt oder rechtfertigt, in die ich mich an seiner Seite begebe.

Er trifft sich zum letzten Mal mit seinen Eltern, um ihnen zu sagen, dass er mich heiraten will. Zum ersten und zum einzigen Mal betrete ich das Haus in der Resedastraße für wenige Augenblicke. Dann sitzen wir unbehaglich beim Essen in einem Restaurant. Schon auf dem Absprung und bereit, sich von allem zu lösen, will er eine falsche Ordnung schaffen und eine offizielle Bindung, für die ihm keine Zeit mehr bleibt. Dann geht er zur Bank und zu einem Rechtsanwalt. Er hinterlegt eine Vollmacht, die mir Zugang zu einem Nummernkonto verschaffen soll. Er möchte damit etwas sichern, ein Erbe, falls der Fall je eintreten sollte, für ihn und auch für mich. Ich kann mich noch an den Namen der Bank und den des Rechtsanwalts erinnern, bei dem er alles hinterlegt hat, aber die geheime Nummer habe ich vergessen und den Zettel mit den verschlüsselten Zahlen verloren. Möglicherweise liegt noch immer eine Beute aus Banküberfällen auf diesem Konto, Geld, das er vielleicht dort deponierte, um sein Leben, seine Reisen, seine Ausstattung oder was auch immer zu finanzieren. Wenn er nicht mehr dazu gekommen ist, es abzuheben, muß es zurückgeflossen sein in den Kreislauf, den er unterbrechen wollte, und das Geld wird dort bleiben, namenlos und für immer.

Als wir zurückfahren, glaubt der Grenzbeamte am Baseler Bahnhof in mir eine gesuchte Person zu erkennen. Es ist mein Haarschnitt, der den Beamten auf eine falsche Fährte lockt. Ich werde aus dem Abteil geholt, und es dauert eine ganze Weile des Nachfragens per Telefon, bis er seinen Irrtum begreift. Der Zug ist fort. Philip S. fährt alleine weiter mit einer Reisetasche, in der sich, zwischen Kleidungsstücken verborgen, Waffen aus der Schweiz befinden.

XXIII ....

.... Bis zu dem Tag, an dem er es tat, glaubte
ich nicht, dass er es tun würde. Ich sehe, wie er das wenige,
was er besitzt, aufgibt, ich nehme wahr, was unter meinen
Augen vorgeht. Aber ich habe keinen Zugang mehr zu dem
inneren Ort, an dem seine Vorstellung zum Entschluss und
schließlich zur Tat reift. Es ist der Bereich, wo es nur ihn
gibt und niemand sonst. Und weil in seinem Leben alles
eine Form hat, entwirft er wie in einem Szenenwechsel eine
Vorstellung von seiner zukünftigen Existenz als Mensch im
Untergrund. Er entwirft sie, wie er einmal seine Existenz
als Künstler entworfen hat. Und wie er seinem Leben als
Künstler eine perfekte Gestalt gegeben hat, muss auch sein
Leben im Untergrund stimmen, bis in die letzte Einzelheit.
Den schwarzen Mantel trägt er schon lange nicht mehr.
Auch nicht die Hemden mit dem Monogramm und nicht
den Anzug. In der Fabriketage hängen die Dinge verges-
sen auf der Kleiderstange wie die Überbleibsel eines ab-
gelegten Selbstbildes. Er trägt auch die Pferdelederschuhe
nicht mehr. Er will jetzt wie alle aussehen, kauft sich eine
Konfektionsjacke von C&A und zieht statt des alten, beim
Waschen eingelaufenen Kaschmirpullovers einen schwarzen Polyesterrollkragenpullover von Woolworth über, mit
einem sportlichen Streifen in Brusthöhe.

Er beginnt die Fotos zu vernichten, die es von ihm gibt.
Es sind die, die ich gemacht habe. Er tut es nachts. Aus
den Ordnern, in denen die Kontaktbögen abgeheftet sind,

nimmt er die Bilder unseres gemeinsamen Lebens heraus. Er verbrennt sie, eins nach dem anderen, in der Hand. Die Negative schneidet er in winzige Teilchen. Kein Abbild von ihm aus früheren Zeiten soll irgendwo überdauern. Manchmal übersieht er das eine oder andere, und es fällt mir später in die Hände. Er plant seine Unauffälligkeit, wie er einmal seine Auffälligkeit geplant hat. Er wird zu einem, an den man sich nicht erinnern soll. Wenn er auf der Straße Bekannte trifft, die ohne Zögern an ihm vorbeigehen, wiegt er sich in Sicherheit.

Er vernichtet nicht nur seine Vergangenheit. An seinem Rückzug gehen die kleinen, selbstverständlichen Gesten zugrunde. Er ordnet sie einer Entscheidung unter, der er sich selbst unterworfen hat, freiwillig, um eines Zieles willen, das er nur in der Entsagung erreichen zu können glaubt. So legt der Schwur, nie mehr ins Gefängnis zu gehen, sein Leben auf einen einzigen, einmal gefassten Entschluss fest. Daran hält er sich. Keine Notwendigkeit bestimmt, was er jetzt zu tun gedenkt. Den einstigen künstlerischen Anspruch an sich selbst hat er durch einen heroischen Auftrag ersetzt, der über sein Leben hinausgeht. Sonst gibt es nichts. Er ist dreiundzwanzig Jahre alt. Er habe alles gehabt, sagt er, eine Frau und ein Kind. Er könne gehen.

Er tut es ohne Not. Noch gibt es nichts, was ihn drängt zu verschwinden, keine Liebe, die zu Ende ist, keine neue Liebe, der er folgen will, keinen Haftbefehl. Es gibt Mutmaßungen. Aber sie bleiben Verdacht und reichen nicht aus für eine Festnahme. Er geht, bevor ihn die Umstände dazu zwingen. Er hat lange genug darüber nachgedacht. Wenn er noch länger zögert, wird er es vielleicht nie tun. Was er eigentlich will, wird er erst herausfinden, nachdem er es getan hat.

Er tut es an einem beliebigen Tag. Es hätte auch jeder andere Tag sein können. Ich schaue ihm nach, als er durch den Hof geht. Er begegnet dem Hausbesitzer, der ihn an die Äpfel erinnert, die wir, wenn der Herbst kommt, wieder ernten sollen, und ich sehe, wie er es ihm verspricht.

Ich habe ihn nicht zurückgehalten. Seinem Verzicht konnte ich nichts entgegensetzen, es gab nichts, das ich hätte in die Waagschale legen können, außer der verwirrenden Vielfalt des Daseins und dem Glauben an die Möglichkeit eines richtigen Lebens in einer falschen Welt. Das stumme Ringen um meine eigene Wahrheit hatte mich erschöpft. Der Arzt verschreibt mir Eisensaft. Aus Versehen nehme ich zu viel. Der Raum um mich herum beginnt zu schwanken, verzieht sich in Wellenbewegungen, die Stimmen entfernen sich. Ich lege mich hin und wache nach Stunden auf. Die letzte Nacht ist aus meiner Erinnerung verschwunden. Unser gemeinsames Leben ist bereits Vergangenheit. Vielleicht, so kommt es mir in den Sinn, war es für ihn nichts als ein Versuch, ein Experiment, etwas, das wie so vieles in seinem Leben nur eine Zeitspanne ausfüllte, die er mit aller Intensität durchlebte, um sie dann hinter sich zu lassen, weil ihr die Endlichkeit eingeschrieben war.

Draußen ist es warm und schön. Die Linden blühen.

XXIV ···

············· Er hat das Haus am Morgen verlassen, als ginge er auf eine Reise. Er trägt nur den Koffer, mit dem er vor vier Jahren nach Berlin gekommen war. Sonst hat er nichts mitgenommen. Die Videoanlage hat er schon vorher in die Kunsthochschule gebracht, wo er immer noch Seminare abhält. Später wird er sie verkaufen und den Erlös für sein geheimes Tun und die Ausstattung seiner neuen Daseinsform verbrauchen, von deren Perfektion sein Leben abhängt.

Auch alle anderen sind am Morgen fortgegangen, ins Ostasiatische Institut, ins Krankenhaus oder wo sie sonst zu tun haben. Mein Sohn ist im Kinderladen. Wenn ich ihn heute Nachmittag abhole, werde ich mir eine Ausrede einfallen lassen. Ich bin froh, dass die Räume nicht leer sind, wenn ich mit ihm und seiner kleinen Freundin nach Hause zurückkomme. Auch die anderen werden dann wieder da sein. Sie werden mich nichts fragen, wenn wir abends beim Essen sitzen. Sie haben die wachsende Entfernung zwischen ihm und mir, seinen langsamen, aber unübersehbaren Rückzug wahrgenommen. Sie haben gesehen, wie er seine wenigen Dinge geordnet hat, wie er immer öfter dem Essen ferngeblieben ist und seinen Tag im Haushalt immer schneller und unbeteiligter hinter sich gebracht hat. Er hat sich abgelöst, täglich ein wenig mehr, ist den anderen fremd geworden und unansprechbar, wenn er seinen verborgenen Zielen folgte. Wortlos hat er sich aus dem Zusammenleben zurückgezogen, und eines Tages war es kein Abschied wie bei H., sondern ein Weggehen, das die anderen auf ihre Weise gedeutet haben. Ich habe nicht widersprochen. Ich habe verleugnet, was mich immer noch nachts, wenn alle schlafen, zu ihm zieht. Ich habe so getan, als wäre es vorüber, eine Trennung zwischen Mann und Frau. Ich habe mit niemandem darüber gesprochen, dass es um den Sinn unseres Lebens ging.

Irgendjemand hat ihm eine kleine Wohnung in einem Hinterhof überlassen. Sein Name steht nicht an der Tür. Er hat nichts mitgenommen, um sie einzurichten. Den Tisch findet er vor, dazu einen Stuhl, ein schmales Bett. Wenn er an dem Tisch sitzt und ein hartes Licht von der nackten Glühbirne auf das Handbuch des Stadtguerillero von Carlos Marighella fällt, das er nicht liest, sondern studiert, entsteht ein Bild vollkommener Identität. Er ist der, der er sein will, ein anderer, ein Mensch, wie er ihn sich vorgestellt hat. Das Bild, das er von sich selber schafft, ist stärker als das wirkliche Leben. Er hat den Schritt vollzogen, raus aus den für ihn nicht zu bewältigenden Widersprüchen eines offenen Daseins in eine fast mönchische Zelle, wo ihn nichts von seinem Ziel ablenkt. Zwischen Zimmer, Küche und Außentoilette bewegt er sich im Bewusstsein, dass eine ferne Zukunft seine Entsagung belohnen wird.

In der ersten Zeit versucht er noch, an der Liebe festzuhalten, die er vier Jahre lang für mein Kind empfunden hat. Aber er begreift nicht, dass er die Liebe zu einem einzelnen Kind nicht ersetzen kann durch eine Liebe zu allen, wie er sie sich selbst abfordert. So entsteht eine Leere zwischen ihm und meinem Sohn, weil es jenseits einer innigen Vergangenheit und einer vorgestellten Zukunft keinen Ort für die Gegenwart gibt. Bei den mühsam organisierten geheimen Treffen im Zoo, im Kino oder auf einem Fußballplatz verwandelt sich das Gefühl von einst in einen fernen Anspruch, sich einer besseren Welt für alle Kinder zu verschreiben. Einmal, als die Interessen eines Sechsjährigen der Vorsicht eines zukünftigen Illegalen entgegenstehen, kommt es zum Konflikt. Mein Sohn lässt Philip S. spüren, dass er längst durchschaut hat, was er nicht sehen soll. Der Mensch, dem er vertraut und den er liebt, ist bereit, ihn aufzugeben, weil er sich nicht, wie er vorspiegelt, wegen einer Arbeit aus dem gemeinsamen Leben absetzt, sondern wegen etwas anderem, über das geschwiegen wird. Er sagt es ihm, und er sagt es laut, im Bus, damit alle es hören können. Als Philip S. ihn in diesem Augenblick schlägt, was er noch nie zuvor getan hat, zerstört er etwas. Danach werden sie sich nur noch einmal sehen, und er wird nichts mehr an die Stelle dessen setzen können, was zerbrochen ist.

Als mein Sohn nach den Sommerferien seinen ersten Schulranzen trägt, nimmt Philip S. ein letztes Mal nach außen hin die Rolle eines Vaters ein. Aber er ist nur noch Statist. Er bleibt abseits, ist schon abgetrennt. Auf dem Foto, das ich von diesem Tag mache, ist sein Gesicht nicht zu sehen. Die Kamera richtet sich auf die Kinder, die darauf warten, dass es losgeht mit der Schule. Sie stehen mit durchgedrückten Knien in einer kleinen Gruppe zusammen. Der Ranzen auf dem Rücken meines Sohns reicht Philip S. bis zum Gürtel. Nur daran kann ich heute noch erkennen, dass er der Mann im unauffälligen Konfektionsjackett am Bildrand ist.

Als eine Polizistin bei der nächsten Hausdurchsuchung ins Kinderzimmer geht und nach ihm fragt, schweigt mein

Sohn. Sie fragt im Plauderton. Aber er kriecht unter die Bettdecke, kommt am Fußende wieder hervor und läuft davon.

XXV ··

············· Er hat mir einen Schlüssel gegeben. Ich warte auf die Dunkelheit. Aber noch ist es Sommer, und die Nacht kommt spät. Ich kleide mich dunkel und verschwinde, wenn alle schlafen. Ich nehme nicht den direkten Weg, gehe zuerst in die entgegengesetzte Richtung, steige hinunter in die U-Bahn, verlasse den Bahnsteig über einen anderen Ausgang, tauche unter in einer Parkanlage, verlasse sie wieder, tue so, als ginge ich in einen Hauseingang, warte ein wenig und gehe weiter, schlendere an Schaufenstern entlang und wende den Kopf unauffällig nach allen Seiten. Wenn ich schließlich in der kleinen Straße ankomme, in der er jetzt wohnt, habe ich eine halbe Stunde für einen Weg benötigt, den ich sonst in fünf Minuten gegangen wäre. Manchmal ist er zur verabredeten Zeit noch nicht zu Hause. Dann warte ich in der trostlosen Stube und finde nichts, was mich mit ihm vereint. Da steht der Stuhl, der Tisch, darüber die Glühbirne. In der Küche ein Topf, eine Pfanne, zwei Tassen, zwei Teller, zwei Messer, zwei Gabeln, von allem zwei, eins davon für mich. Die Toilette auf der Treppe, der Schlüssel hängt neben der Tür. Ich lege mich in das schmale Bett und versuche, vor der Einsamkeit hinter den Dingen in den Schlaf zu flüchten. Aber immer wieder wache ich von unbekannten Geräuschen auf. Sein Doppelleben hat inzwischen einen festen Rhythmus angenommen. Tagsüber der Unterricht an der Kunsthochschule unter seinem richtigen Namen. Danach verschwiegene Treffen mit Grenzgängern. Als er schließlich kommt, umarme ich einen Mann, der erst eine Verkleidung ablegen muss, um mir wieder vertraut zu sein. Aber es gibt jetzt eine Effizienz in allem, auch in der Liebe. Sie muss abrufbar sein zum vereinbarten Augenblick. Zwischen uns ist kein Überfluss mehr. Alles ist knapp bemessen, die Zeit, die Gefühle und auch die Worte. Sie werden unerbittlich und zielgerichtet. Aus ihnen verschwindet die Nachsicht, die Geduld, das Zögern. Er führt kein Gespräch mehr, er schätzt ein. Es fallen Sätze, auf die ich nicht antworten kann, Sätze, die mich an die Wand drängen, die große Ziele beschwören, für die das Opfer lohnt, zu dem ich nicht bereit bin, wie er sagt, Sätze, die nur noch Druck bedeuten und Zwang, dem ich entfliehen möchte. Aber ich nehme Aufträge mit: Treffen, die ich bis zur nächsten Nacht für ihn mit Code-wörtern und Decknamen organisieren soll. Dann laufe ich schnell zurück, ohne Umwege, um zu Hause zu sein, bevor mein Kind aufwacht.

Es wird Winter, und ich breche früher auf. Als ich in einer Nacht im Februar einen vereisten Fußgängerstreifen überquere, gerät ein Taxi ins Rutschen und bringt mich zu Fall. Der Taxifahrer besteht darauf, mich nach Hause zu fahren. Zum Schein öffne ich die Haustür, warte, bis er weitergefahren ist, und mache mich erneut auf den Weg. Auch der Bürgersteig ist glatt, ich gehe vorsichtig mit gesenktem Kopf und stoße mit einem Mann zusammen, der mich auffängt und an sich drückt. Ich lasse es geschehen. Er legt den Arm um mich, und ich gehe mit ihm. In einem spärlich beleuchteten Atelier schlafen wir miteinander. Neben dem Bett eine weiße Porzellantasse, in die er Reißnägel geklebt hat, in Kreisen, bis an den Rand. An den Wänden großformatige Bilder mit breitem Pinselstrich. Wir sehen uns nie wieder.

Philip S. hat während der Nacht auf mich gewartet. Als ich komme, bin ich durchgefroren, und er wärmt mich, möchte, dass ich bei ihm bleibe. Aber ich kann nicht mehr bleiben, weil die Liebe zwischen uns unter der ständigen Bedrohung zur Komplizenschaft geworden ist. Ich vergeude meine Kraft an etwas Verlorenes. In der Morgendämmerung laufe ich nach Hause. Ich sitze noch ein wenig in der Küche. Es ist aufgeräumt, das Geschirr gespült, alles ist still und bereit für morgen. Dann öffne ich leise die Tür zum Kinderzimmer, betrachte das Gesicht meines schlafenden Sohnes, in dem Gefühl, noch einmal davongekommen zu sein.

Im Jahr 1972 wird die Kluft zwischen seiner legalen Existenz und seinem illegalen Tun tiefer. Das Doppelleben entwickelt sich zu einem immer größeren Balanceakt, bei dem er abzustürzen droht. Irgendwann in diesem Jahr holt ihn der Verrat ein. Es geht um Waffen und um einen Autodiebstahl. Verbindungspersonen geraten ins Visier der Schweizer Polizei und sagen schließlich unter Druck aus, über ihn und auch über mich. In einer Schweizer Zeitung wird an seinen Namen das Wort Bande angehängt, und weil sie nicht wissen, dass wir nur noch in seltenen Augenblicken ein Paar sind, ist mein Name dem seinen mit Bindestrich hinzugefügt.

Die Nachricht erscheint auch in der deutschen Presse. Ab sofort sitzt ein Mann in einem Auto vor der Haustür und beobachtet das Tor. Mal steht das Auto direkt vor der Haustür, mal etwas entfernt. Ich gehe dicht daran vorbei, zeige, dass ich da bin und da bleiben werde. Aber ich nehme die Funktion eines Lockvogels ein, und die Wege zu Philip S. werden auch für mich immer gefährlicher. Noch immer arbeitet er an der Kunsthochschule. Als er eines Tages zu einer Vollversammlung gehen will, beobachtet er, wie an den drei Eingangstüren des Saals jeweils zwei Männer stehen, die nicht wie Studenten aussehen, und kehrt im letzten Moment um. Er geht nicht wieder in die kleine Wohnung zurück. Ich räume aus, was er an persönlichen Dingen zurückgelassen hat, und entferne den winzigen ausgerissenen Schnipsel eines Fotos, den er mit Tesafilm an einen Türrahmen geklebt hat. Mein Gesicht ist darauf nicht zu sehen, nur mein Körper, in Rom auf der Terrasse in der Sonne liegend. Als mich über Umwege die Hausnummer einer Parterrewohnung in Charlottenburg erreicht, verbringe ich die letzte Nacht mit ihm in einer Liebe, deren Aussichtslosigkeit eine kaum erträgliche Wehmut hinterlässt. Unter der Verkleidung eines Bankbeamten oder Autoverkäufers ist er noch einmal der, der er für mich war.

Nach zwei Banküberfällen holt ihn der zweite Verrat ein. Einer der Bankräuber, erfahre ich später, erreicht das Fluchtauto nicht rechtzeitig und gibt bei seiner Verhaftung alle Namen preis. Nachdem auch ein anderer Beteiligter verhaftet worden ist und aussagt, wird Philip S. per Haftbefehl gesucht. Noch steht er nicht öffentlich auf der Fahndungsliste, dennoch vervollständigt er seine Verwandlung und bewegt sich jetzt mit falschen Papieren. Der doppelte Verrat hat erreicht, worauf er sich lange vorbereitet hat. Auch der letzte Hinweis auf seine Person muss getilgt werden. Er kann nicht mehr zurück, ohne seinen Schwur zu brechen.

Wir treffen uns jetzt an öffentlichen Orten, wenn er

etwas braucht. Er ruft kurz vorher aus einer Telefonzelle an, meldet sich mit dem neuen Namen und sagt verschlüsselt die Adresse durch. Einmal ist er krank und liegt auf einer Bank in einem kleinen Park. Ich gehe für ihn in die Apotheke und besorge ein Medikament. Dann bringe ich ihn in eine andere Parterrewohnung am Ende einer Straße, die den Namen meines Sohnes trägt und deren einziges Zimmer von der Berliner Mauer in stetem Halbdunkel gehalten wird. Wir sehen uns noch einmal in dem italienischen Eiscafé an der Uhlandstraße, wo es den ersten Cappuccino gab. Noch trägt er keine Waffe unter seinem Jackett, aber er hat den Blick auf die Tür gerichtet, bereit, jeden Augenblick aufzuspringen und durch den Ausgang in seinem Rücken Richtung Düsseldorfer Straße zu verschwinden. Ich vermeide, seinen Namen zu sagen, den alten und den neuen. Erst jetzt kann ich von dem sprechen, was er ohnehin schon weiß: von Abkehr, von Trennung, davon, dass es vorbei ist, dass ich ihn verlasse, dass ich mich endgültig entfernt habe, von ihm und von seinen Zielen. Dann stecke ich ihm die Adresse eines Arztes zu. Er arbeitet in einem Krankenhaus in Köln, und ich weiß, dass er ihm helfen wird, wenn er in seinem zukünftigen Leben ärztliche Hilfe brauchen sollte.

Abschiede sind unbegreiflich wie der Tod. Philip S. und ich trennen uns an einer Haltestelle. Wir umarmen uns kurz und unauffällig. Dann kommt der Bus, ich steige ein, der Bus fährt an. Ich sehe ihn durch die Scheibe. Er schaut mir nicht nach. Er sitzt auf einer Bank und verbirgt sein Gesicht in den Händen.

XXVI ···

············· Ich werde Berlin verlassen. Obwohl ich ihn nicht mehr sehe, hat mich die Bedrohung fest im Griff. Im Morgengrauen wache ich auf. Die Schläge an der Eisentür sind seltener geworden, aber ich horche noch immer darauf. Wenn es zu lang oder zu heftig klingelt, schlägt mein Herz schneller. Eilig vergewissere ich mich, ob es etwas zu beseitigen gibt, und frage, wer da ist. Ich weiß nicht, ob ich die eingeübte Wachsamkeit wieder loswerden kann, aber ich möchte mich nicht mehr absichern, bevor ich einem Menschen die Tür öffne.

Ich werde nach Frankfurt ziehen, wo der Vater meines Kindes jetzt lebt. Ich möchte, dass mein Sohn in seiner Nähe und in der Nähe seiner Großeltern aufwächst. Ich trenne mich von vielen Dingen. Stück für Stück werden sie aus dem Haus getragen. Zwei alte Schränke nimmt mein Bruder mit. Den Leinenanzug von Philip S. trägt jetzt einer der rausgeworfenen Studenten der Filmakademie, der ein Bewunderer des *Einsamen Wanderers* bleiben wird. Der lange schwarze Mantel passt einem Maler. Er nimmt auch die Hemden mit dem eingestickten Initial eines Namens, von dem er nicht weiß, dass er bald auf den Fahndungslisten stehen wird. Den weißen Seidenschal werde ich selber tragen, bis er zerfällt. Alles andere packe ich in einen Container, der mit der Bahn nach Frankfurt gebracht wird. Dann nehme ich Abschied von den Menschen und jenem Ort, an dem ich mit Philip S. hatte bleiben wollen.

Zwei Jahrzehnte später wird mein Sohn in das Haus zurückkehren, um dort mit seiner Familie zu leben. Wenn ich den Weg durch die beiden Höfe gehe, schaue ich wieder nach oben, ob Licht hinter der langen Fensterfront zu sehen ist. Ein Filmplakat mit dem Titel »Etwas wird sichtbar« hängt noch an der Hauswand. Es verschwindet erst, als das Gebäude renoviert wird. Wenn ich die Treppe hinaufsteige, komme ich an dem kleinen, in die Tür eingeschweißten Rechteck vorbei, das auch unter der neuen Farbe noch zu erkennen ist, dessen Bedeutung aber den vielen Menschen, die in den Jahren hier ein- und ausgezogen sind, verborgen bleibt. Die Schwester des vierundvierzigsten amerikanischen Präsidenten wird eine von ihnen sein. Wie so viele, die in diesem Haus gelebt haben, hat sie an der Berliner Akademie das Handwerk des Filmemachens erlernt.

Mein Sohn klettert nach hinten in den Citroën-Kastenwagen; ich habe ihm dort ein Bett gemacht. Auf dem Dach sind alle Thonetstühle, die um unseren großen Tisch gestanden haben, aneinandergezurrt. Wir fahren langsam durch die Nacht, auf ein neues Leben zu, das sich hinter einer Etagentür aus geriffeltem Glas abspielen wird. Durch das Glas lassen sich die Umrisse erkennen, wenn jemand davorsteht. Es ist eine große Wohnung, und ich lebe wieder mit anderen zusammen. Ich habe mich in einen Mann verliebt, der aus London zu mir gekommen ist. Er wird in einem Arbeiterviertel mit arbeitslosen italienischen Jugendlichen das »Teatro Siciliano« gründen. Morgens schaue ich meinem Sohn nach, wenn er die Eschersheimer Landstraße hinauf zu seiner neuen Schule läuft und sich, bevor er meinem Blick entschwindet, noch einmal umschaut und winkt. In ein Heft, das ich ihm als Tagebuch gegeben habe, schreibt er einen einzigen Satz: »An diesem Tag begann für mich die Welt.« Es ist ein Tag im Herbst 1973, kurz vor seinem achten Geburtstag, und es bleibt der einzige Satz, den er je in dieses Heft geschrieben hat. Ich habe ein neues Studium begonnen und fahre täglich in die Universität.

Lange Zeit ist es still um Philip S. Die Zeitungen schweigen. Ich weiß nicht, wo er sich aufhält, ob in Berlin oder anderswo. Bis 1974 hat die Polizei unauffällig nach ihm gesucht. Eines Tages, im Spätsommer, hängt ein Fahndungsplakat mit seinem Foto an der Litfass-Säule vor meiner neuen Wohnung. Ich gehe täglich daran vorbei und frage mich, wie er lebt, mit falschem Namen, einem falschen Geburtstag, falschen Eltern und alten Erinnerungen, die er nicht mehr haben darf, und neuen Erinnerungen, die er haben muss, um ein anderer zu sein. Wenn ich stehen bleibe, schaut er mich an. Ich schaue zurück. Er lächelt. Manchmal lächle ich auch. Aus irgendeinem Grund vertraue ich darauf, dass er es überleben wird. Es ist seine Genauigkeit, die mir das Vertrauen gibt. Wenn ich ihn anschaue, rede ich mir ein, dass sein Schwur, nie mehr ins Gefängnis zu gehen, ihn noch einmal in ein anderes Dasein führen wird. Es wird ihm gelingen weiterzuleben, so wie er manchmal in meinen Träumen erscheint – ein Mann, der unbehelligt die Straße entlanggeht wie jedermann und der sich mit mir in einem Café trifft, wo niemand weiß, wer er ist, nur ich, die nach ihm sucht unter der glatten Unauffälligkeit, die jetzt sein Äußeres und auch sein Wesen beherrscht.

Das wenige, was ich über seine letzten Jahre weiß, erfahre ich nach seinem Tod aus den Zeitungen, wo er Playboy ist und Terrorist, Millionärssohn, Bankräuber, Sprengstoffexperte, Verbrecher, anarchistischer Gewalttäter, Entführer,

Automarder und Polizistenmörder. Über seinen Namen herrscht Verwirrung. Da gibt es seinen Geburtsnamen und den, den er später selber hinzufügt. Außerdem Decknamen, Oskar, oder auch Klaus, der in seinen gefälschten Papieren steht. Und dann noch Leo. Leo wie der Hund in Robert Walsers Roman *Der Gehülfe*, lese ich in dem Roman eines Schweizer Autors, der ihm auf Reisen mit falschen Papieren begegnet war und erst nach den Schüssen in Köln erfahren hat, wer sich hinter Leo verbarg. Philip S. hat in diesem Roman viele Gesichter. Ich muss ihn mir als eleganten Ganoven mit internationalen Beziehungen vorstellen, der Artikel über Spaltung und Führungsfragen in linken Gruppen schreibt, oder als Rebell, der noch während des Liebemachens für die Revolution kämpft, bei seinen Pariser Gastgebern einen Kunstband von Nicolas de Staël mitgehen lässt, das Ende der bürgerlichen Ordnung ausruft und vom Balkongeländer aus über die Avenue Foch hinweg Sätze aus Malraux' Roman *Die Hoffnung* zitiert, oder als Bankräuber, der Süßigkeiten an Bankangestellte verteilt, während er sie in Schach hält.

Und dann gibt es Anekdoten einstiger Weggefährten, nur noch einen Lacher wert, die man sich nach Jahrzehnten, längst der Gefahr entronnen, immer noch hinter vorgehaltener Hand erzählt, wie die Geschichte von einem bis in jedes Detail geplanten Autodiebstahl, wobei er ein wohlhabendes Stadtviertel ausgewählt habe, um einen Angehörigen der Oberschicht und keinen Werktätigen zu schädigen. Bei Tageslicht aber habe sich das gestohlene Auto als schrottreif erwiesen, und das einzig Brauchbare sei ein Werkzeugkasten und eine Wolldecke gewesen. Oder es ist von einem geheimen Waffendepot die Rede, das er so weit in die Erde versenkt haben soll, dass seine Kumpane nach seinem Tod das Graben schon hätten aufgeben wollen, dann aber doch weiterschaufelten, weil nur ein gründlicher Schweizer, redeten sie sich ein, Waffen so tief vergraben würde, nur ein Schweizer wie er.

Im Februar 1975 taucht er auf, plötzlich und unvermittelt. Verschlüsselt angekündigt, sitzt er in einer Eckkneipe, die voll ist von Rauch und Menschen. Er sitzt da mit seinem falschen Namen, seiner Brille mit Fenstergläsern. Als ich den Raum betrete und mich dem Tisch nähere, steht er auf und begrüßt mich mit einer so flüchtigen Umarmung, dass ich nicht merke, ob er unter dem Jackett eine Waffe trägt oder nicht. Nur nichts Auffälliges, kein Gefühl, nichts, was an die Liebe erinnert, die es einmal gab. Ich begegne einem Menschen, den ich nicht anreden kann. Nicht mit dem vertrauten Namen, nicht mit dem neuen, der einem anderen gehört, einem in seinem Alter, von seiner Größe, der den Kopf hinhält für Philip S., der mit dem Pass des anderen wegtaucht, über Grenzen geht, sich eine Steuerkarte besorgt, sich in einer Wohnung anmeldet und was sonst noch alles später in den Zeitungen steht.

Erst als wir zusammen durch die Straßen laufen, können wir uns etwas erzählen von dem, was wir tun. Aber es ist nur der Rahmen unseres gegenwärtigen Lebens, für den wir Worte finden. Er erfährt, dass ich in einer Schule unterrichte. Ich erfahre, dass er in einem Kölner Arbeiterviertel in einer kleinen Wohnung lebt und in einer Fabrik arbeitet. Ich spreche von dem, was mich die Kinder lehren, davon, dass sie mich lehren, mit Veränderungen in der kleinen inneren Ordnung meiner selbst zu beginnen. Er spricht von dem alltäglichen Widerstand in den Fabriken und Arbeitervierteln, dass er dort ansetzen will mit zielgerichteten Aktionen, die nur aus dem Untergrund zu leisten sind. Während ich mich daran halte, dass es oft der nicht kontrollierbare Zufall ist, der das Bewusstsein verändert, nicht das absichtsvolle Handeln, vertraut er auf die richtige Analyse, die im richtigen Augenblick die richtige Aktion hervorbringt. Wir tasten uns ab, aber wir berühren uns nicht. Wir gehen nebeneinander, manchmal streifen wir uns aus Versehen. Wir gehen, ohne es zu bemerken, immer die gleiche Runde durch die engen Straßen des Frankfurter Nordend, den Blick allzu aufmerksam auf jeden gerichtet, der uns entgegenkommt. Die ständig anwesende Gefahr verschlägt mir die Sprache. Es will mir nicht gelingen, das zu sagen, was ich sagen möchte, oder das zu fragen, was ich ihn nicht gefragt habe, damals, als es noch möglich war. Das »Warum« kommt nicht über meine Lippen, ein »Warum«, das nur uns beide angeht, jenseits des heroischen Auftrags, der sich wie eine Wand zwischen uns aufgerichtet hat. Angesichts der Konsequenz seiner einstmals getroffenen Entscheidung, zum Preis der Selbstzerstörung auch das zu leben, was er sich vorstellt, gefriert mein »Warum«. Auch heute finde ich keine Antwort. Alle Erklärungsversuche werfen ein Netz über ihn, das ihn gefangenhält und gegen das er sich nicht mehr wehren kann.

Auf unseren Wegen durch das Frankfurter Nordend gibt es keine Rückkehr mehr an den inneren Ort, den einzigen, der nur uns gehört, ihm und mir und einem kleinen Kind. Wir können nicht mehr eintauchen in die Erinnerung an das, was einmal unser gemeinsames Leben war. Die Erinnerung ist Sperrgebiet, weil er jetzt ein anderer ist, einer, der von nichts weiß, für den es die Wohnung an den Bahngleisen nicht geben darf und nicht den Tag, als er bei mir blieb, um, wie er mich damals spüren ließ, nie mehr wegzugehen. Es darf den *Einsamen Wanderer* nicht geben, nicht den Augenblick am Ende, als mein Kind durch das Bild läuft und leise nach ihm ruft mit einem Namen, von dem nur wir wissen. Er darf sich nicht an Rom erinnern, nicht an unsere erste Reise ans Meer, wo ich alle Kleider, die er liebte, für ihn anzog und er mich auf schmalen Filmen so festhielt, wie er mich sehen wollte. Wir können nicht zurück in das Leben in den beiden Etagen in Schöneberg und nicht zu unserem Abschied an der Bushaltestelle, auch nicht für einen Augenblick, weil alles, was einmal war, jetzt Gefahr ist, nichts als Gefahr.

Außer der Bedrängnis, die uns umschließt, während wir ziellos nebeneinander durchs Nordend laufen, gibt es keine Nähe mehr. Er will noch einmal meinen Sohn sehen und geht auf Zehenspitzen ins Kinderzimmer, so wie er es früher getan hat. Ich weiß nicht, was er von dem schlafenden Gesicht mitnimmt, dessen Anblick er eingetauscht hat für einen selbstverordneten, tödlichen Verzicht.

XXVII ·

· · · · · · · · · · · · Ende Februar wird ein Politiker entführt. Die Entführer holen im Tausch gegen den Politiker frühere Weggefährten aus dem Gefängnis, die in ein Land ihrer Wahl ausgeflogen werden. Die Polizei hat Philip S. auf die Liste der Entführer gesetzt.

Ende April stehen sie vor der Tür, zum ersten Mal seit ich Berlin verlassen habe. Ich bin gerade dabei, frisch gewaschene Vorhänge an den Fenstern aufzuhängen, und erkenne sie schon am fordernden Klingeln. Langsam steige ich von der Leiter und sehe sie durch die Scheiben der Eingangstür, sie sind zu dritt. Zu dritt sehen sie mich näher kommen, undeutlich hinter dem geriffelten Glas. Sie haben sich nebeneinander aufgestellt, jeder in seiner eigenen Rolle, die sie vielleicht noch leise absprechen in den Sekunden, bevor ich öffne, ein Spiel mit Drohungen, Versprechungen und Angeboten. Sie wollen wissen, wo er jetzt ist. Sie fragen, ob er noch Schweizerdeutsch spricht, ob er lieber Wein oder Bier trinkt, welche Zigarettenmarke er raucht. Ich sage nicht, dass er gar nicht raucht, dass er noch nie geraucht hat. Ich schweige, sage kein Wort, auch keines, um das Schweigen nach ihren Fragen mit Geräusch zu füllen. Ich sage auch nicht, dass ich nichts weiß. Sie behaupten zu wissen, dass er hier gewesen ist. Ich würde mich strafbar machen, wenn ich ihn verstecke. Dann fragen sie mich noch, ob er bei einer Verhaftung schießen würde. Ich bleibe stumm und schließe die Glastür.

In der Zeit, die zwischen seinem Besuch und dem Ende noch bleibt, suche ich nach einem kleinen Haus auf dem Land und finde eine verlassene Stellmacherei in der Rhön, unweit der Burg, in der ich aufgewachsen bin. Dort, so male ich es mir aus, werden wir miteinander sprechen können, dort in dieser kargen, menschenleeren Landschaft kann ich ihm die eine Frage stellen: Warum? Als ich aber endlich den Kaufvertrag in einer Bank unterzeichne, ist sein Gesicht auf der Fahndungsliste im Schalterraum bereits durchgestrichen.

Am Freitag, dem neunten Mai, bin ich allein in der Wohnung. Meine Freundin ist in der Universität. Die anderen sind verreist, einer ist mit dem Moped nach Sardinien gefahren, und der Mann, den ich jetzt liebe, besucht seine Eltern in England. Beide werden sie zurückkommen, als sie von dem, was in der Nacht geschehen ist, in der Zeitung lesen. Der eine wird tagelang auf dem Moped sitzen, der andere die nächste Fähre nehmen. Seit dem Morgen bin ich unruhig von Zimmer zu Zimmer gegangen. Später, als mein Sohn nach der Schule auf dem breiten Trottoir der Eschersheimer Landstraße sein neues Rollbrett ausprobiert, gehe ich immer wieder ans Fenster und schaue ihm nach. Er fährt waghalsig die abschüssige Straße hinunter. Er fällt, steht auf, kommt mit kräftigen Stößen auf dem ansteigenden Trottoir zurück, dreht auf der Höhe unseres Hauses um, stürzt sich wieder die Straße bergab bis zur nächsten Querstraße, geht ein wenig in die Knie, versucht seinem weichen, verletzbaren Körper Eleganz abzufordern und so zu stoppen, dass er sich dabei bereits in die Gegenrichtung dreht. Ich stehe am Fenster und beobachte mit wachsender Unruhe die kindliche Unschuld seiner beharrlichen Versuche, die Welt dort unten auf dem Asphalt herauszufordern.

Als meine Freundin am Nachmittag mit der Nachricht von einer nächtlichen Schießerei in Köln nach Hause kommt, bei der es einen Toten gegeben hat, weiß ich sofort, wer der Tote ist. Ich habe das Unheil den ganzen Tag gespürt und versucht, es von meinem Sohn fernzuhalten, indem ich aus dem Fenster sah und ihm mit den Augen folgte. Er fährt immer noch bergauf und bergab, als bei den ersten Nachrichten um siebzehn Uhr das Gesicht von Philip S. den ganzen Bildschirm füllt.

Am frühen Abend bringe ich ihn zu den Großeltern ins hessische Ried. Ich habe ihm noch nichts gesagt, ich brauche Zeit. Ich denke, die Polizei wird kommen, heute oder morgen, und ich will nicht, dass er es auf diese Weise erfährt. Aber er spürt, dass etwas anders ist als sonst, wenn ich ihn zu den Großeltern bringe, dass etwas passiert ist, etwas Endgültiges. Als wir wie immer das letzte Stück Wegs über die Abkürzung am Rand eines Kiefernwalds entlangfahren und er auf den Dachgepäckträger klettert und dann unter der Trauerweide vor dem Haus vom Auto in meine Arme rutscht, kommt es ihm vor, so sagt er, als würde ich ihn ins Internat bringen, als würden wir uns jetzt lange nicht sehen, so viel Abschied spürt er in meiner Umarmung bis übermorgen.

Am Sonntag läuft er hinter einem Ball her, als ich über die Wiese zurückkehre, um ihn abzuholen. Dann ändert er die Richtung und kommt auf mich zu. Ich sage es ihm mit wenigen Worten. Er dreht sich wortlos um, rennt wieder in Richtung des Balls und schießt ihn mit einem harten Tritt über die Wiese hinaus. Diesmal findet er kein Bild, wie nach dem Tod von H., das ihn von der Beklemmung in seinem Herzen erlöst. Die Nachricht, die er gehört hat, versenkt er tief unter das, was das Leben eines zehnjährigen Jungen ausfüllt. Siebzehn Jahre später nimmt sie noch einmal Besitz von ihm, als er sich an der Berliner Filmakademie bewirbt, um Kameramann zu werden. Es ist die Zeit, in der die Akademie beginnt, auf ihre Anfänge zurückzublicken. Die experimentellen Filme der ersten Studenten werden den neuen Bewerbern während der Prüfung vorgeführt. Der Zufall will es, dass im Jahr 1992 der *Einsame Wanderer* zu den Aufgaben gehört. Mein Sohn folgt in seiner Analyse mit kurzen Sätzen der Linie des Todes, die sich durch die Bilder zieht. Als er sich selbst am Ende entdeckt, den kleinen Jungen, der aus dem Bildausschnitt läuft, sieht er darin ein Zeichen neuen Lebens. *Der einsame Wanderer*, schreibt er, sei der Film eines Mannes, den er geliebt, aber nicht gekannt habe. Er schreibt den Text auf der kleinen lindgrünen Hermes-Reiseschreibmaschine ohne »ß«, die Philip S. zurückgelassen hatte.

Auf dem Rückweg vom hessischen Ried am Freitagabend bin ich nicht wieder in die Wohnung zurückgekehrt. Ich verbringe die Nacht bei einem Freund. Morgens hole ich Zeitungen am Kiosk. Es ist regnerisch und kühl. Unter dem fragenden Blick des Zeitungshändlers kaufe ich alle Tageszeitungen, die er ausgelegt hat.

In der Nacht vom achten auf den neunten Mai, so lese ich, steht ein schlafloser Mann gegen ein Uhr am Fenster seiner Wohnung im Stadtteil Köln-Gremberg. Er meint, auf dem angrenzenden Parkplatz Autodiebe entdeckt zu haben, und ruft die Polizei. Sie kommt in dem Augenblick, als sich ein Auto vorwärts mit eingeschalteten Lichtern aus einer Parklücke in Bewegung setzt. Mit vier Einsatzwagen versperren sie dem Auto mit drei Insassen die Ausfahrt. Die Papiere werden überprüft. Die gefälschten Ausweise von Philip S. und einem anderen Gesuchten, der auf der Rückbank sitzt, erregen im Polizeicomputer keinen Verdacht. Als aber beim Ausweis des Fahrers, der nicht gefälscht ist, die gespeicherte Bezeichnung »Anarchist« auftaucht, verändert sich die Situation schlagartig. Die Polizisten greifen zu ihren Waffen und fordern die drei Männer auf auszusteigen.

Was jetzt geschieht, ereignet sich innerhalb weniger Augenblicke zwischen zwei parkenden Autos, einem Zaun aus Maschendraht und drei Reihen Stacheldraht, die an Holzpflöcken durch das Gestrüpp einer winzigen Grünanlage gezogen sind. Philip S. öffnet die Beifahrertür, steigt aus und verharrt einige Sekunden, an das Auto gelehnt. Er stützt sich mit einem Arm auf dem Dach, mit dem anderen auf der geöffneten Tür ab. Noch sind seine Hände leer. Dann rennt er los. Alles könnte in diesen Sekunden durch seinen Kopf gegangen sein, die Aussichtslosigkeit, in der Dunkelheit aus einem umstellten Platz herauszukommen, drohendes Gefängnis oder die Gewissheit, dass er jetzt sterben wird. Vielleicht gab es aber auch nur einen einzigen Gedanken: dieser Situation zu entkommen, und sonst nichts. Vielleicht, so möchte ich es mir vorstellen, hatte er gar nicht den Tod vor Augen, sondern eine nie erfahrene Freiheit, auf die er in einem letzten anarchischen Aufbäumen gegen alle Vernunft zurannte, wie er es sich im Leben nie erlaubt hatte.

Philip S. dreht sich um, rennt um das Auto herum, und während er rennt, zieht er die Waffe unter seiner Jacke hervor. Die ersten Schüsse aus der Waffe des Polizisten G., heißt es später im Prozessbericht, treffen ihn noch auf der Höhe des Autos, aus dem er gerade gestiegen ist. Sie treffen ihn im Lauf, zuerst in den Oberschenkel, dann in den Rücken. Laufend schießt er zurück und trifft den Polizisten G. Der als Anarchist gespeicherte Fahrer des Autos wird beim Versuch, auszusteigen, ebenfalls von einem der Schüsse des Polizisten G. und auch von einer verirrten Kugel aus der Waffe von Philip S. getroffen. Er fällt aus der Tür. Philip S. ist bis zu dem Maschendrahtzaun gekommen. Er steckt wie in einem Käfig und wendet sich nach rechts. Der Polizist G. ist inzwischen auf das Pflaster gestürzt und schießt schwerverletzt noch einmal auf den aus der Autotür gefallenen Fahrer. Philip S. rennt jetzt nach rechts weiter, hinter anderen parkenden Autos entlang, und wird vom Polizisten P. in den Rücken getroffen. Immer noch rennend, schießt Philip S. zurück und trifft den Polizisten P. ins Herz. Der Polizist P., zwanzig Jahre alt, ist sofort tot. Dann hat Philip S. die winzige Grünanlage erreicht, kann aber in der Dunkelheit den Stacheldraht nicht erkennen. Er stürzt, fällt in ein Gestrüpp und bleibt liegen. Mit einem Bein hängt er im Stacheldraht fest, als der Polizist H. seine Waffe auf ihn richtet. Streifschüsse, Steckschüsse, Einschüsse, Durchschüsse werden später auf einer Körperskizze des Toten eingetragen. Die Verlängerung der Schussbahn zur Hand des Schützen hin zeigt, so stellt der Sachverständige während des Prozesses vor Gericht fest, dass der Polizist H. aus größter Nähe auf einen am Boden liegenden Menschen geschossen hat.

Irgendwann muss es für Bruchteile von Sekunden still geworden sein. Dann werden die Polizeihunde freigelassen. Sie beißen sich in der Schulter des verwundeten Fahrers fest. Ein Toter, ein Sterbender und zwei Schwerverletzte liegen auf dem Parkplatz. Die beiden Schwerverletzten, der Fahrer des Autos und der Polizist G., Vater von zwei kleinen Kindern, liegen nah beieinander auf dem Pflaster. Sie liegen auf der Seite, die Arme an den Leib gepresst, um den letzten Rest Leben in sich festzuhalten. Sie alle werden fotografiert, bevor Hilfe kommt: Vor den Krankenwagen sind die Fotografen da.

Die Toten heißt ein Buch von Hans-Peter Feldmann, das im Jahr 1998 erscheint. Eindrücklich reihen sich Bilder der Menschen aneinander, deren Leben während der Revolte meiner Generation ein gewaltsames Ende fand. Unter den rund hundert Bildern findet sich nur der Name, geordnet nach Todesdaten, beginnend mit dem zweiten Juni 1967. Ein Bild nach dem anderen. Opfer, Täter, Polizisten, Unbeteiligte. Manche werden im Tod gezeigt, mit offenen erloschenen Augen oder in einer Blutlache oder auf dem Totenbett. Manche sieht man im Leben, lachend, am Telefon, in Uniform oder eine Zigarette rauchend. Philip S. nimmt in der Reihe der Toten den siebenundzwanzigsten Platz ein, gefolgt von dem Polizisten, den er erschossen hat, auf der nächsten Seite. Weil er aber auf dem Foto in dem Buch noch nicht tot ist und es im Sterben wie bei der Geburt um die genaue Reihenfolge geht, müssten Philip S. und der bereits von der Kreidelinie des Todes umschlossene Polizist P. mit den Schatten unter den Augen ihre Plätze tauschen.

Philip S. ist noch in Bewegung, auch wenn es seine letzte ist, als die Fotografen ihre Objektive auf ihn richten. Er, der sich im Leben nicht zeigte, wird im Sterben millionenfach gezeigt. Ihm bleiben nur noch Augenblicke, bis er endgültig das Bewusstsein verliert, aber noch lebt er.

Noch ist er auf der Flucht. Noch will er irgendwohin. Er müsste nur wieder aufstehen können, seinen Fuß aus dem Stacheldraht lösen und weiterrennen. Aber es ist zu spät. Der Polizist H. mit der Maschinenpistole hat ihn eingeholt. »Als das Erschießen losging«, wird sich der Polizist H. später vor Gericht versprechen und die Worte eilig wieder zurücknehmen.

Philip S. wird aus dem Gestrüpp gehoben und auf eine Trage gelegt. Er liegt wie einer, der schläft, nicht wie ein Toter. Die Verletzungen sind seinem Körper nicht anzusehen. Er liegt, wie er immer gelegen hat, den einen Arm unter dem Kopf. Die langen Finger seiner rechten Hand beugen sich entspannt über den Rand der Trage. Sie sind leicht geöffnet, als ob er sich festhalten wollte. Der schwarze Pullover und die Lederjacke sind jetzt ganz nach oben geschoben. Ein helles Hemd wird sichtbar. Der Gürtel umschließt seine Hüften wie einen letzten Halt. In den nächsten Minuten oder Sekunden wird er der achtundzwanzigste Tote sein. Die Zahl schreibt sein Ende fest, sein Alter und seinen Platz in der Reihe der Verlorenen. Sein Leben endet auf dem kurzen Weg vom Parkplatz zum Krankenhaus in einem Kölner Arbeiterviertel, hinter der Schnellstraße.

Als der diensthabende Arzt zu einem angeschossenen Terroristen in die Notaufnahme gerufen wird, kann er nur noch den Tod feststellen. Er weiß nicht, wen er vor sich hat. Er kann es nicht wissen, dass der Mensch, der auf der Bahre vor ihm liegt, schon lange ein kleines Stück Papier mit seinem Namen und der Adresse dieses Krankenhauses bei sich hat. Als ich den Zettel zwei Jahre zuvor im Café in der Uhlandstraße an ihn weitergab, ahnte ich nicht, wohin es Philip S. verschlagen würde. Aber ich gab ihm den Namen und die Adresse wie eine letzte Anlaufstelle in der Not. Dass Philip S. in den ersten Stunden des neunten Mai 1975 doch noch auf ihn getroffen ist, gehört zu den Fügungen des Schicksals, die sich unserem Einfluss entziehen.

Ich war neunzehn, als mir jener Arzt im Foyer eines Kinos in München in den Mantel half. Ich drehte mich um und sah einen Mann mit dichten schwarzen Locken in einem Trenchcoat mit hochgeklapptem Kragen, eine Zigarette zwischen strahlend weißen Zähnen. Sein Vater war während der russischen Revolution aus Aserbaidschan nach Persien gekommen. Seine Mutter gehörte als persische Jüdin zu den Verfolgten. Angezogen von seiner Fremdheit, lernte ich ein Semester lang seine Sprache, schrieb meinen Namen in seiner Schrift, von rechts nach links, suchte im Pergamonmuseum bei den orientalischen Köpfen die Linie seines Mundes und erlebte eine erste wilde Liebe in Hotels und in Nachtdienstzimmern der verschiedenen Krankenhäuser, in denen er zum Chirurg ausgebildet wurde. Wenn ich ihm auf dem Korridor nachschaute und er das eine Bein unmerklich nachzog, während sich der im Rücken zugeknöpfte weiße Kittel ein wenig öffnete, sah ich seine Verletzlichkeit. Aber wenn wir bei befreundeten Arztehepaaren in weißen Vorstadtvillen zum Essen eingeladen waren, sah ich eine Existenz als Arztfrau in einem Neubau am Stadtrand vor mir und wusste, dass ich so nicht würde leben können. Als ich mehr als ein Jahrzehnt später seinen Namen als Notanker weitergab, dachte ich daran, wie er einmal einem gerade geborenen Kind das Leben gerettet hat. Er hatte das kleine Wesen so lange mit seinem Mund beatmet, bis es schließlich alleine dazu in der Lage war. Die

Schutzschicht auf der Haut des Kindes aber, dieses Fett, hatte er mir damals erzählt, habe er noch lange auf seinen Lippen gespürt.

Der persische Arzt ist mit dem Tod vertraut, auch mit dem gewaltsamen. Als er zu einem angeschossenen »Terroristen« gerufen wird, hat er einen Menschen mit mehreren Schusswunden erwartet. Aber er findet einen Körper vor, der von Kugeln durchsiebt gewesen sei, erinnert er sich, als wir uns Jahre danach wiedersehen und durch Zufall auf die Geschehnisse jener Nacht zu sprechen kommen. Er zählt mehr Schüsse, als die Polizei behauptet je abgegeben zu haben, mehr als doppelt so viele, wie auf der Körperskizze eingezeichnet sind. Er kommt auf achtundzwanzig Wunden im Körper von Philip S. Damals will ich mir nicht vorstellen, dass Bisswunden der Polizeihunde darunter gewesen sein könnten, und heute, so viele Jahre später, kann er sich nicht mehr erinnern. Er weiß nicht, dass die Zahl achtundzwanzig noch einmal das Ende des Menschen festschreibt, der vor ihm liegt. Von den Schüssen, sagt er, seien sieben tödlich gewesen. Er sei daran verblutet. Kugeln, sagt er, treffen auf den Körper wie Schläge, sie werfen ihn hin und her und reißen an ihm. Trotz der vielen Wunden in seinem Leib aber habe der Tote beinahe unzerstört auf ihn gewirkt. Und er erinnert sich an die kleinen weißen Aufkleber an den Sohlen seiner Schuhe. Sie müssen ganz neu gewesen sein, sagt er.

XXVIII ···

·············· Fünfundzwanzig Jahre habe ich gebraucht, um hierher zu kommen. Es ist ein warmer Tag im Mai, nicht der neunte, aber wenige Tage danach. Über die Jahre hatte ich mir ein eigenes Bild von diesem Ort gemacht. Von dem Wort »Parkplatz« war nur der »Park« in mein Gedächtnis eingedrungen. Der Stacheldraht, auf allen Fotos deutlich zu sehen, hatte sich in meiner Vorstellung in eine Eisenbande verwandelt, wie sie in Grünanlagen die Wiesen vom Weg abtrennt. Während all der Jahre hatte ich den Ort in Gedanken verschönert und ihn auf das Bild von Philip S. zugeschnitten, das ich in meiner Erinnerung bewahrte.

Aber der Platz, an dem er starb, ist auch im Jahr 2000 nichts als ein verwahrloster Parkplatz in einem Wohngebiet zwischen zwei Schnellstraßen. Auf der einen Seite wird er von einem längst aufgegebenen Supermarkt begrenzt. Davor verrostete Einkaufswagen, die immer noch an Ketten aneinanderhängen. Auf der anderen Seite ein heruntergekommener Häuserblock mit drei Stockwerken. An der Türklingel noch immer der Name des Mannes, der damals am Fenster gestanden und die Polizei gerufen hatte. Während ich auf einer niedrigen Mauer in der Sonne sitze, putzt ein junger Mann sein Motorrad an der Stelle, wo Philip S. vor fünfundzwanzig Jahren mit dem Fuß auf dem Pflaster zu seiner letzten Fluchtbewegung ansetzte und sich im Stacheldraht verfing.

Im Januar 1977 beginnt der Prozess gegen den schwerverletzten Fahrer des Wagens und den dritten Insassen, der bei der Ausweiskontrolle in dem zweitürigen Auto auf der Rückbank saß. Als die Polizisten ihre Waffen zogen, hatte er die Hände gehoben und die Schießerei hinter den Vordersitz geduckt unverletzt überlebt. Er und der Fahrer werden des Mordes und des versuchten Mordes an Polizeibeamten angeklagt, weil sie eine Waffe bei sich trugen, auch wenn kein Schuss daraus abgegeben wurde. Sie sollen als Gesinnungstäter abgeurteilt werden. Weil Philip S. geschossen hat, heißt es, wären auch sie, da sie mit ihm zusammen waren, bereit gewesen, ihre Waffen zu gebrauchen, wenn sie gekonnt hätten. Lange geht die Anklage davon aus, dass Philip S. das Feuer eröffnet hat. Während des Prozesses aber werden sich die Polizisten, die an der Schießerei beteiligt waren, widersprechen und so den Zweifel säen, der schließlich dazu führt, dass beide Angeklagte im Juli des gleichen Jahres von dem Vorwurf des Mordes und des Mordversuchs freigesprochen werden. An manchen Stellen ist im Prozessbericht auch davon die Rede, dass Philip S., möglicherweise in Notwehr gehandelt habe und, wäre er noch am Leben und könnte sich verteidigen, ebenfalls vom Vorwurf des Mordes und des Mordversuchs hätte freigesprochen werden müssen. Aber er ist tot, und aus dem Zweifel an der Aussage der Polizisten kann sich keine Gewissheit mehr darüber bilden, wer zuerst geschossen hat. Von dem Verdacht, an der Entführung des Politikers beteiligt gewesen zu sein, wird er posthum entlastet, weil die Stechuhr einer Kölner Fabrik beweist, dass er zu der Zeit, als der Politiker auf einer kleinen Straße in Berlin-Zehlendorf in ein Auto gezerrt wurde, mit gefälschten Papieren an seinem Arbeitsplatz an der Stanze stand. Doch die Hintergründe jenes Zusammentreffens auf dem Parkplatz bleiben trotz der Aussagen, die die Angeklagten dazu machen, im Dunkeln.

Ich kann mir nicht vorstellen, wie dieser, sein letzter Tag verlaufen ist. Ich weiß nicht, wie er in den Jahren, als er von der Polizei gesucht wurde, in seiner Wohnung am Rand eines Güterbahnhofs gelebt hat. In der Zeitung lese ich, dass er Urlaub genommen hatte, um mit einer Freundin zu verreisen. Irgendetwas Unvorhergesehenes muss sich dann ereignet haben, etwas, das ihn in der Nacht wider alle Vorsicht, bewaffnet und mit falschen Papieren zu einem der Polizei bekannten und ebenfalls bewaffneten Anarchisten in ein zweitüriges Auto hat steigen lassen, wo es für den Dritten, der auf der Rückbank saß, keinen Ausweg gegeben hätte. Mit ihm scheint Philip S. in Freundschaft verbunden gewesen zu sein. Im Gefängnis beschreibt jener die Trauer über den Tod seines Freundes. Die Äußerungen des Fahrers während und nach dem Prozess aber geben keinen Aufschluss über sein Verhältnis zu Philip S. Was auch immer sie miteinander verbunden haben mag, in jener Nacht tragen beide auf ihre Weise zu dem kommenden Verhängnis bei. Der eine durch seinen stets der Polizei verdächtigen Ausweis und der andere durch einen einmal geleisteten Schwur, nie mehr ins Gefängnis zu gehen. Den einen wird diese Nacht für sein Leben zeichnen, den anderen wird sie das Leben kosten. Was auch immer die drei Männer in dieser Nacht vorhatten, ohne Waffen hätte es keine Toten und Schwerverletzten gegeben. Philip S. wäre vielleicht mit ein paar Jahren Gefängnis davongekommen. Bei der Geschwindigkeit aber, mit der sein Leben ablief, hätte er die Jahre vermutlich als eine Vergeudung von Zeit empfunden. Ob er sich in seinen letzten Sekunden an die

Weissagung erinnerte, von der er mir einmal erzählt hatte, bleibt sein Geheimnis. Eine Handleserin in Zürich hatte ihm vor Jahren prophezeit, dass sich sein Leben vollenden werde, bevor er dreißig sei. Aber auf welche Weise, hatte sie gesagt, das liege in seiner Hand. In den ersten zehn Jahren nach seinem Tod glaubte ich ihn zuweilen vor mir zu sehen, auf der Straße, im Gedränge auf dem Markt am Samstag. Ich sah immer seinen Rücken vor mir, niemals sein Gesicht. Er hatte seinen vertrauten Gang. Sehr gerade und dennoch wie kurz vor dem Sprung.

.... Von seinen Dingen sind eine Nikon-Kamera mit drei Objektiven, einem Belichtungsmesser und einer Lupe in meinem Leben zurückgeblieben, mehrere Rollen Acht-Millimeter-Film, eine Hermes-Reiseschreibmaschine ohne »ß«, eine Fliegerjacke mit Lammfellkragen, ein Kinderschwert mit abgerundeter Spitze, geschweißt und geschmiedet in der Werkstatt von Otto und Ernst, ein Ordner mit Justizunterlagen, ein zweiter Ordner mit Geburtsschein, Tetanus-Impfbescheinigung, Anmeldebestätigung in Schöneberg aus dem Jahr 1969, eine Geburtsurkunde aus dem Jahr 1947 und das eidgenössische »Dienstbüchlein« mit seiner letzten Anschrift in Zollikon, Rainstraße 15, und der Erkennungsmarke, die jeder Schweizer besitzt, außerdem hier und da eine Randbemerkung in einem Buch, jedoch keine Briefe, dafür ein paar Fotos und ein Blatt Papier aus dem Winter 1968, als er in der Wohnung an den Bahngleisen nachts an dem ovalen Tisch seinen Film vorbereitete. Er hatte darauf mit einem hellblauen Stift in weicher, leicht nach links geneigter Schrift notiert, dass Menschen und auch Dinge nicht dazu da seien, etwas zu beweisen, zu bekräftigen oder eine Meinung zum Ausdruck zu bringen, und dass es für ihn nur darum gehe, ihre Gegenwart festzuhalten.